未知の鳥類がやってくるまで

西崎憲

筑摩書房

目次

行列（プロセッション）

　それがどのくらい静かだったのかと尋ねられたならば、世界が死に絶え、そのあとに残った一握りほどの波も立たない海のように静かだったという形容もあるいはできたかもしれず、いずれにせよ夏の気配をそこここに貼りつけた街の頭上に空はそのように無音も窮まった形で広がっていた。

　そしてその空はどこまでも蒼く、雲というものの存在を彼は忘れてしまったらしく、どこまでも瑠璃のような、翠玉のようなその蒼の完璧さを傷つけるものは皆無であって、時折鳥がそこを水平に落下する錘鉛のように横切ってゆく。

　行列の最初の者が現れたのは運河の辺に建つ古い印刷工場の正午のサイレンが鳴る前であった。赤いサイレンのボタンを老いた守衛のからからに乾いた手が押す少し前のことである。

　最初の者は太陽のあとを追うようにして東の空に現れた。それはひとりの子供であって、金糸銀糸で織った美しい服を着たその小さな子供は、東の地平線の上に不意に現れて蒼く明(す)んだ空を渉りはじめた。

蒼の裡に浮かんだその子供の大きさはいったいどれくらいだったのか。遥かな空の高みに浮かんでいるにもかかわらず、衣服の襞まで明瞭に、腰に回された帯の先の房飾りまで明瞭に見えるほどであったので、子供はおそらく飛行機よりも大きかったであろう。いや、もしかしたら小さなビルほどの大きさであったかもしれない。けれど、見た眼にはそれはやはり小さな子供としか見えず、その子供はいま薄い笑みを浮かべて、ゆっくりとした歩調で空の道を進んでいた。時折、何かを探し求めるように四囲を見まわした。しかし、見まわしたが何も見つからなかったようで、それでも見つからなかったという事実は失望するほどのものではないらしく、相変わらず薄っすらと笑みを浮かべて虚空を渉っている。長い髪は後ろで束ねてあり、銀の鈴がその束ねた髪を留めていて、涼やかな音が鈴から発しているようでもあったが、はたして聴く者のない場所でそれは音として存在できたのかどうか。おそらくそれは無人の深山で倒れる古木の音のように虚空に響いたであろう。あるいは響かなかったであろう。

子供が空の三分の一ほどを歩いた時、そのあとを追うように東の空の端から滲みでるようにふたたび人影が現れた。

ひとつふたつ、みっつよっつ、あわせて十人ほどの人が現れた。それは白く長い寛衣をまとった男たちで、彼らは整然と列をなし、空を歩きはじめた。寛衣の意匠から何処の国の者たちであるのか、あるいは何時の時代に属する者たちであるのか、推し量ることはできず、ギリシア風とも、地下埋葬所（カタコンベ）のなかをさまよう聖職者とも、中国の役人のようにも見えた。男たちの列は少しも乱れることはなく、たがいに口を利くこともなく、ただ先頭の者が時折右手に持った白い袋から金色の砂のようなものを撒きながらゆっくりと進むのがいかにも奇妙だった。

　そしてそのあとにつづいたのは人間ではなかった。僧侶か役人か定かではない男たちのあとに現れたのは三匹の黒い毛の猿であった。

　猿たちは前を行く人間たちとは好対照で、整列をする気持ちなどは欠片（かけら）もなく、気の向くままにあちらに行ったり、こちらに行ったりして、空の道を進んだ。先を行く人間たちの列に追いつき、最後尾の者の服を引っ張ってみたり、たがいに背に飛び乗ったりしながら歩みを進め、太陽の近くを通る時、太陽に向かって手を伸ばした。そして届かなかったので怒りの声をあげたようにも見えた。

　三匹の猿のあとにつづいたのは魚を思わせる龍を思わせる生き物だった。頭部は厳つく骨張っていて、東洋の龍のそれのように見えた。鬣（たてがみ）があり長い髭があった。胴体は蛇のように長かった。その長い胴体の尻尾の先まで背鰭（せびれ）があった。つまりそれは頭部のゆえに龍を思わせ、脚の欠落と鰭の存在のために魚を思わせた。色は白茶けた色で、褪色したようなその色は、永くホルマリン漬けにされていて、しかしいま眼覚めて泳ぎだしたのではなかろうかと思わせた。龍であり魚であるそれは体を紆らせて虚空を泳ぎ、猿のあとを追った。

行列は誰の眼にも見えなかったが、ただひとりの女だけは例外で、その女はひらひらと空をいく細長い生き物のあとに現れたものを見て驚いた。それが小鳥だったからである。

しかしそれを小鳥と呼ぶのは語義矛盾であって、実際、大きさの点で、その小鳥は最初の子供と同様、小さなビルほどもあったに違いない。だが、子供が子供であったと同様にそれは小鳥と呼ぶ以外にないもので、より詳しく言えば文鳥によく似ていて、しかも女が昔飼っていたそれに瓜ふたつだった。女は鳥が自分を救いにきたのだと思った。なぜならば女はずっと捕らわれていたからだ。女は老いていた。肉も心も老いて、疲れ切っていた。未来は恐怖でしかなかったし、過去は後悔でしかなかった。自分のもとには誰も訪れなかった。唯一楽しみであった三度の食事も手が思うように動かせなくなってから、もうどうでもいいもののように思われてきた。ふと気づくと女は自分が病室のベッドにいるのではないことに気がついた。自分はいま小鳥の背に乗っていた。自分は白い羽毛の上にすわって下を見ていた。遥か下方に病院が見えた。

自分の病室さえ見えるような気がした。自分の枯れた体が横たわっていたベッドが見えるような気がしたし病室に入ってきた看護婦の顔が見える気がした。その看護婦の顔に浮かんだ驚きの表情もまた見えた。風が頬に快かった。

最初に現れた少年が西の地平に姿を消した時、反対側にふたりの男が現れた。ふたりの男はどちらも大男で、上半身は裸であった。髪型は奇妙なもので、頭頂で高く結いあげて尖らせたそれはまるで一角獣の角のように見えた。ひとりは紺色のズボンを穿き、他方は緋色のズボンを穿き、ふたりとも青龍刀あるいは偃月(えんげつ)刀のような幅の広い刃のついた刀を持っていた。ふたりの刀はどちらも柄に華美な装飾が施してあった。ふたりは見事なその刀で打ちあっていた。闘っていた。よく見るとふたりの体には無数の小さい刀傷があって、そのいずれからも血が吹きでていた。両者とも眉を吊りあげ、眼を怒らせ、闘っていた。疲れたふうもなく、飽くこともなく、打ちあっては離れ、離れては打ちあった。ふたりの体の傷は増えていき、傷からは血が滴った。その血は地上まで落ち、公園の花壇の空色の小さな花群の上に降り注いだ。しかし花はそのことに気がつかなかった。花壇の隣の建ったばかりのビルの明るい色の外壁に降り注いだ。しかし外壁はそのことに気づかなかった。タクシーを降りたばかりの女のスーツの肩口に降りそそいだ。けれど女はそのことには気がつかなかった。

それから不可思議なものが現れた。それは薄赤い球状のもので、半透明で、柔らかいもののようだった。それが幾つも幾つも東の地平から現れてふたりの男のあとを追った。生き物なのか、そうでないのかはわからなかった。先頭のひとつが前で闘う男たちのあいだに転がっていき、折しも振り下ろされた剣に触れ、割れた。どちらの男もそのことに意は払わなかった。

そして無数の球のあとから現れたのは一頭の虎だった。虎はゆっくりと球状のものをひとつひとつ噛み割りながら歩を進めた。ひとつ噛むたびに虎の全身の毛が青い火花に覆われ一瞬逆立つように見えた。

虎の後ろに現れたものはかなり意外なもので、それは古びた電車だった。路面電車のような小さなそれは、虎が半分ほどの球を噛み割ったあたりで地平に現れ、ゆっくりと空を滑りはじめた。

行列は誰の眼にも見えなかった。しかしただひとりの男だけは例外で、その男は三十代の終わりに差し掛かったあたりと思しい年齢で、会社の車に乗り、資料を入れた厚い封筒を助手席に置いて、取引先に向かうところだった。国道沿いのガソリンスタンドで給油していて、空を見あげた時、男はその電車を見た。そして電車のなかに人影があることに気づいて、それほどの距離をはさんで見分けられるはずもなかったのだが、その人影が弟であるような気がした。電車のなかで背を向けてすわっている弟は帽子を被っていた。大きな交差点で右折すると空を行く電車はちょうど真上になり見えなくなった。そこで男は自分に弟がいないことを思いだした。

　路面電車のようなその小さな電車のあとにつづいたのは大型の、名前のわからない動物だった。その動物は全体が楕円形をしていて、どちらが前か後ろか判断を下しかねたが、もちろん進む方向にあるのが頭部に違いなかった。名前のわからないその動物の体を覆っていたのは羽毛だった。そして百足のそれに似ているが、百足ほど長くない脚が胴体から何対も突きだしていて、その脚の多さを見ると、動物というより虫の一種かとも思われた。しかし百足にまったく似ていなかった理由は、全身を覆う羽毛と、羽毛の隙間から見える三本の指を持つ手のような無数の突起物だった。

　その動物はゆっくりと進んだ。しかし、どうやら病気にかかっていて、死にかけているようで、進むうちに脚や手がぽろぽろと取れて落ちた。だからそれが通ったあとには多くの手や脚が残った。そしてその手と脚は後方に現れた黒く小さな貂（てん）のような動物たちの餌となった。羽毛の塊のような動物は空の一番の高みを過ぎたあたりで悪寒を感じたかのように、ぶるぶると体を震わせ、全身を支えていた骨格が一時に取り除かれたといった具合に崩れ、平たくなり、そして最後部から大量の卵を産みおとした。卵は瑠璃色をしていて、後ろからきた貂に似た小さな動物たちがそれに群がった。

　つぎに現れたものも名前のわからないものだったが、少なくとも動物であることは確かだった。ただ、それは巨大だった。巨大という言葉では足りないほど巨大だった。最初、角のない犀に似た頭部が現れた。そうして意外に長い首がしばらくつづき、首の根元が現れたとき、鼻先はすでに空の三分の一まで届いたあたりにあった。それから短く太い前肢のついた紡錘形の胴体が現れはじめた。動物はゆっくりと足を動かし、前に進み、空を覆っていった。空の半分ほどがやがて覆われた。全体としては、頭部の形と厚い皮膚ゆえに、やはり犀あるいは河馬といった動物を連想させた。一番の違いはその背中が刺のような突起で覆われていたことだった。首をゆっくりと振り、背中の刺はつねに小刻みに震えていた。一度咆吼を放ったように思われたが、その在りうべき咆吼は聞こえなかった。聞こえなかったが、地上を揺るがした。また、影は地上に落ちたが暗くはならなかった。ただ影という観念のみによって地上が暗くなっただけだった。

　そのつぎに現れたものたちはふたつの列を作っていた。

　それは頭部が魚の人間たちで、二列になって並び、綱を曳いていた。魚の頭を持つ者たちはひじょうに大勢いて、みな懸命に綱を曳いていた。そのなかに頭部に白い紐のようなものを巻いている者がいて、それはよく見ると紐ではなく何かの虫であるらしく頭部のあちらこちらを破って外側に飛びだし、巻きついたり、垂れていたりするのだった。やがて彼らが曳くものが現れはじめた。それはひじょうに大きな山車か、あるいは台車のようなもので、そこにはやはり魚の頭をした人間が横たわっていた。それは形こそ同じだったが、大きさはまったく違って、綱を曳く者たちの十倍はゆうにあった。そして死んでいるのか、気を失っているのか、眼を閉じてぐったりと横になっていた。頭にはやはり白く長い虫が何匹も見え、それは頭部を三分の一ほど覆っていた。あるいは山車の上の巨大なそれは車を曳く者たちの王であるのかもしれず、王であるかもしれないそれは空にいるあいだついに眼を覚ますことはなかった。

そのつぎに通ったものはよく見えなかった。半透明の薄いもので、オーロラのようにつねに形も色も移り変わっていた。名指すことがついにかなわぬものがあるとすればちょうどそのようなものだった。

それからひじょうに恐ろしいものが通った。それは説明を聞いたものがみな死んでしまうような恐ろしいものだった。

行列は誰の眼にも見えなかった。しかしただひとりの男だけは例外で、首尾よく会社を成功させ、壮年期を迎えていたその男はつぎに現れたものを見て驚いた。

それは家具を背負った若い男だった。薄いカーキ色の作業服を着ていた。家具を背負って少し顔を下に向けていて、表情はわからなかったが、なんとはなしに失意のそれを浮かべているようにも見えた。

運転手付きの車のほうに向かいながら地上の男はそれが若い頃の自分だと思った。

行列は誰の眼にも見えなかった。しかしただひとりの女だけは例外で、その女は窓辺にすわって、最初に現れた子供も剣を持って争う男たちも卵を産んだ羽毛の動物もすべて見ていた。しかしことごとく見ていたのだが、何も感じなかったし、表情も変わらなかった。女の内側はそれよりも奇妙なもので満たされていたからである。

午後の四時くらいだったろうか。行列はとぎれがちになり、終わりに近づいているのではと思われた。小さな蜥蜴たちが紫の舌を閃(ひらめ)かせて空の高みまで至り、そして下りはじめたが、それにつづくものはなかった。

そしてついに途切れたかと思われた頃、東の地平線の上に老人が現れた。蜥蜴たちが西の地平に消え、何もなくなった空を老人はとぼとぼと歩いた。老人は泣いていた。少なくとも両手の甲を目頭にあてた姿は泣いているように見えた。服は粗末なもので、靴は破れていた。老人は泣きながらとぼとぼと空を渉り、西の地平の上で消えた。行列はそれで終わった。

おまえ知ってるか、

東京の紀伊國屋を大きい順に結ぶと北斗七星になるって

台風には名前があるのにどうして地震には名前がないんだろうと思うけれど、それはアメリカの話で、日本では台風に名前がついたとしても地名で、だとすると台風も地震も扱いはやっぱりおんなじかとぼくは考えなおす。二〇二二年の東京の大地震は関東大震災や関東大地震などではなく、東京湾大地震と呼ばれるようになった。クラスの半分は地球の底が抜けたような地震と、断崖になって押しよせた津波のせいで死んでしまった。先生たちは都心に住んでいた割合が生徒より少なかったので、四分の一くらいしか死ななかった。先生のなかで江角が生き残って北園が死んでしまったのはいつまで経っても悲しい。北園は地震では生き残ったけれどその後の津波に引かれていった。江角みたいにぼくたちを置いて逃げてしまえばよかったのだ。そうしたって誰も責めたりはしなかったはずだ。けれど北園はそうしなかったから第二校舎の屋上に逃げるしかなかった。江東区はだいたい滅んだ。助かったのは鉄筋のビルの五階以上にいた人たちだけだ。北園やほかの生徒たちはそのなかに含まれていなかった。北園の最後の表情を憶えているような気がするのはなぜだろう。ぼくが逃げこんだ東成建設のビルと第二校舎とのあいだは五十メートルだ。どの人影が北園か見わけられるかもしれないが表情までは見えないはずだ。北園の最後の腕の動きは人形かなにかのように機械的だった。けれど表情はとても落ち着いていた。それはもちろんぼくの頭が作りあげた光景だ。あの距離でそこまで見えるはずはない。しかもぼくは強度の近視なのに眼鏡はかけていない。それともあのときだけアフリカのなんとかっていう部族のように視力が増していたのだろうか。

　ぼくはいまでも巨大生物の屍骸のような瓦礫や、泥のヴェールに包まれた家や道の夢を見る。子供がばらまいたように車が散乱している。横になったり逆さになったりして。あちこちに死体が見える。さまざまな姿勢。生きている者はすわったり立ったり早足で歩いている。空はきーんと音がしそうなほど晴れていてものすごく静かだ。生まれてからそんなに静かな日はなかったくらい。ところどころで線路が黒い蛇のように鎌首をもたげ、ぼくはその横を歩いて家に向かう。家はたぶんないだろうと思いながら。ぼくはその風景を何度も夢に見て、頭がおかしくなるんじゃないかと思った。ほんとうに頭がおかしくなってしまった人もたくさんいるはずだ。けれど時計は動く。時計の針に押されて時間もいやいや動く。一日は一日をつれてやってくる。一週間はつぎの一週間をつれてやってきて、やがて地震のことを考えない時間ができるようになる。そしてすこしだけ記憶は薄まる。いまではあのこと全体が夢のように思えることもある。けれどまったく逆のように思うこともある。あれからずっと夢を見ているような気もするのだ。

地震が小学校二年のときだったのは、もしかしたら運がよかったのかもしれない。あのころは受けとれる量に限界があったから。いまあれが起こったらぼくはたぶん受けとりすぎてしまうだろう。けどそれはどちらにしても大したことではない。ぼくはどのみちそんなに長くは生きない。詩を書くだけ書いて高校生になる前に死んでしまうつもりだ。生きていることに意味はない。ぼくはあのときの地震か津波で死んでいたのかもしれないのだ。そのとき死ぬことと十四歳くらいで死ぬことに本質的な違いはない。

ヒムカの家に行くようになってから、夢にたいする考えにまたすこし変化があった。夢を見ているという感覚は薄れ、今度は夢のなかで生きているような気がしてきたのだ。どこが違うかって？　夢のなかにいる感覚と？　違うのだ。夢を見ているという以前の感覚は、ぼくという存在が現実にいるが眠っていて、行動している夢を見ているというものだった。いまは違う。夢を見ている自分が存在するという感覚はない。

夢のなかにいる自分こそがほんとうの自分だという気がするのだ。それは楽しい感覚とは言えなかった。できればその状態からは抜けだしたかった。

この夏にどうしてもヒムカと一緒にいなきゃいけないと思ったのは、あの深い森のような家のせいかもしれない。ヒムカの家は高台にあるので津波はやってこなかった。けれどそれとはべつにヒムカの家がある一帯はなにかに護られているようなそういう感じがする。実際に近くには神社があるのだけど。深い森というのは家をとりまいた庭にたくさんの木があるからだし、家の形もずいぶん縦長で、大きな植物みたいにも見えるのだ。なかは四階まで吹きぬけになっていて、まるで塔のなかにいるような気がする。なにかの底にいるように。中央に薄暗い空間がいすわり、空気自体に薄暗い色がついているような印象があった。けれどそれは重くはない。ヒムカの家では息を吸うことにも吐くことにも空間と秘密のやりとりをするような感覚があった。

ヒムカは一年生のときはべつのクラスだった。けれど地震のあとクラスが一学年にふたつだけになり、同じ教室で勉強をするようになった。

体は大きいほうで、あまり喋らなかった。運動は不得意ではなかった。授業中にはいつもなにか書いていた。授業の内容について書いているのではなかった。ヒムカには友達がいなかったけれど、それを気にするようには見えなかった。

ヒムカはぜったいに本を読んでいると思い、ぼくは芥川とか三島の話をした。そのころはそういう子供向けのものを読んでいたのだ。ヒムカはいちおう面白そうに聞いていた。けれどぼくが言ったことにたいしてなにか返してくるわけでもなかった。あてが外れたなと思い、それからぼくはヒムカに話しかけることはしなかった。三箇月ほど経ったころ、ヒムカは放課後に近づいてきて、一冊の本を差しだした。表紙には『彼方』と書かれていた。フランスの作家だとヒムカは言った――貸してやる。ぼくは持ち帰り、五日間で二回読んだ。『彼方』はそれまで読んだことのない種類の本だった。なぜ自分がそう感じるかぼくは考えた。外国の作家の本を読んだのはもちろんはじめてではなかった。それなりの数をもう読んでいたから外国の小説だからというのが理由ではなかった。ぼくはその本のなかに世界が埋めこまれているような気がしたのだ。表紙が扉で、歩いてそこに入っていけるような気がしたのだ。そのころは夢のなかで生きているような気がしてしょうがなかったけれど、その本はとても現実的で、現実のなかに入りこんだ気がした。本のなかで交わされる会話、人や物、どれもとても現実的で、家や学校や同級生よりもほんとうらしく思えた。そんな経験はもちろんはじめてだった。

そういう感想を伝えるとヒムカは笑顔になった。それからヒムカといる時間が増えていき、やがて家に遊びに行くようになった。向こうはぼくのことを呼び捨てにするようになり、こっちもそうだった。そしてその年の夏休み、ヒムカの両親は白耳義（ベルギー）に行くことになり、ぼくはヒムカの家にほとんど毎日通うようになった。そして知ったのはヒムカが魔術師だということだった。

ヒムカは魔術師だ。違う、実践はしないから、と言うけれど、まちがいなく魔術師だ。ぼくはヒムカからたくさんのことを教えてもらった。グノーシス、カタリ派、カバラ、ジョルダーノ・ブルーノ、エリファス・レヴィ、ダングラス・アダムズ、本田親徳、大石凝真素美。

ヒムカの知識は底なしだった。自分も本を読んでいるから色々知っていると思っていたので最初は反発する気持ちもあったが、量の差があまりに桁違いすぎて、すぐにそういう気持ちはなくなった。

ヒムカは国会図書館でそれらの知識を得た。それから本好きのおじさんに頼んで買ってもらった本から。

小学生がそんなものを読むのはもちろんおかしい。けれどヒムカに言わせればごく自然にそうなったらしい。

ヒムカはあるとき、インターネットを漁っていて、不思議なゲームにたどりついた。

それは西班牙人(スペイン)が作ったゲームで、ほかの言葉には翻訳されていなかった。母親がブエノスアイレスの生まれだったので、ヒムカは西班牙語が理解できた。ゲームの名前は「ノーチェ・エン・ナランハ」で、それにはさまざまな神秘主義者たちが登場した。設定もごちゃまぜで、薔薇十字もフリーメイスンも出てくるし、スーフィズムもブードゥーも出てきた。ゲームのなかで仏陀や老子などの聖人やランスロットや一休禅師は神の糧と呼ばれるものを探すのだった。それがきっかけでヒムカは神秘主義に興味を持つようになった。

ヒムカのノート。小さい字でびっしり埋まったノート——ぼくにとって神秘主義とはそのノートだった。背が黒で灰色の表紙の薄いノート。それが数十冊あった。さまざまな本から書き写したもので、ヒムカは昔の人が神聖な書物をそうしたようにそれを書き写したのだ。手書きの魔法の書。神秘の書。

不思議な動物を飼っていることも、そのこともヒムカを魔術師らしく見せているのかもしれなかった。ヒムカの家には金色の小さな獣がいて、イタチの一種らしかったが、それは尻尾を除けば四十センチほどで、滑らかな手触りの毛に包まれていた。頭は小さく目は黒く、賢そうに見えて、実際にそうだった。

夏のあいだぼくたちはゲームをしてすごした。

一台の車が向こうからやってくる。ヒムカは言う。あの車はつぎの交差点で三つの方向のどれに進む？　右とぼくは答える。左だ、とヒムカは言う。

ゲームの機会は無限にあった。つぎにベンチにすわる人が男か女か、マクドナルドで後ろに並んだ女の人が注文するものはなにか、その言葉のなかにサ行の音はいくつ含まれるか、街を歩いていてつぎに耳にする形容詞はなにか。

ぼくたちは多くの議論を重ねた。人は造れるか。それはもう科学でできそうだ。科学は魔術の跡を追っている。死から甦らせることはできないのか。神は存在するのか。悪は存在するのか。霊魂は存在するのか。いや人は真の意味で存在するのか。ＤＮＡと魂の関係はどうなっているのか。魔術に実効性はあるのか。人間を介すると明らかにあるのではないか。物質にたいしてはどうか。

ぼくとヒムカは議論をしながら街を漂った。ヒムカの小獣をバスケットに入れて持ち運びながら。獣は黄金の色をまとい、ぼくたちは夜の色の服を着て、暗い気圏の底を移動した。魔術のような場所、深秘のような形や角度を求めて。ヒムカと歩く街のなんと驚異に満ちていることか。

東京は夕方が一番素晴らしい。夏の黄昏の人声はほんとうに地籟（ちらい）のようで、ぼくとヒムカはその響きに耳を傾け、うっとりする。お菓子のように飾られた店が光りだす

おまえ知ってるか、東京の紀伊國屋を大きい順に結ぶと北斗七星になるって

一瞬前、青空に赤みがさす一瞬前、空が充血する前の隙間の時間。

　ふたりで街を歩いていると色々なことがある。再開が遅れていた紀伊國屋の店舗がようやく営業をはじめるというので、ぼくとヒムカはすこし覗いてみることにした。帰り道、ぼくたちは新宿の地下につづく階段を下りていた。けっこう混んでいて、前には家族がいた。若い父親と若い母親と小学校低学年の子供。子供が下りるのが遅いので、父親が「早く、下りろ」と言って後ろから子供を蹴った。

　通路に下りたとき、ヒムカは父親に言った。

「弱いものをいじめちゃだめなんだよ」

　向こうはなにを言われたかわからないみたいだった。

「なんだおまえ」

　目がナイフの刃のように冷たくなった。

　ヒムカははっきりした声で繰りかえした。

「弱いものをいじめちゃだめなんだよ」

　父親がヒムカのほうに一歩近づいた。

　ぼくはバスケットの蓋を開けた。獣が小さな恐竜みたいに首を出した。ぼくは父親に向かって言った。

「パナナスコラ・トリテーセ、日本語ではキンイタチって言うんだ。病気に罹って病院につれていくんだけど、いま人を噛んじゃうと大変なことになるって」

都合のいいことに軋と獣が鳴いた。その鋭く高い声に通路を行く人がみんなこちらを見た。

向こうはしばらく凝とぼくたちを見て、舌打ちをした。そしてぼくに向かって「おまえなんで髪が白いんだ?」と言った。

父親はそれから背中を向けて歩きはじめた。母親と子供が従った。


ヒムカは偶然や必然というものは存在しないと言う。

たとえば今日雨が降るのは偶然のように見える。けれど雨が降るのは低気圧のせいだ。気象上の理由がある。だからそれは必然とも言える。では結局雨が降るのは偶然必然のどちらだろう。そうなのだ、それは判断する者によって違う。そういうふうなものが普遍的な真理と言えるだろうか。

それから言語の不正確さについてもよく話した。たとえば亀とアキレスが競争するという有名なパラドックスがあるけれど、そのなかで後発のアキレスは自分より遅いはずの亀に追いつけないことになっている。その理由を亀に適用すると亀もその場から移動できないことになり、それどころか物質の空間的な移動は不可能になってしまう、ヒムカはそんなことを言う。

その朝もよく晴れていて、ヒムカのところへ向かうぼくの目を家々の朝顔が洒う。庭や塀に配された無数の明るいそれら。

ヒムカは黒い革の大きなソファーにごろんと横になってなにか読んでいた。ヒムカの部屋は日向くさい。その匂い（匂いなのかどうかわからなかったけれど）は、ヒムカの体から発するものかもしれず、半ズボンから白く伸びた足はたしかに日向くさい。ヒムカのあまり多くない子供らしい部分だ。

「知ってるか、東京の紀伊國屋を大きい順に結ぶと北斗七星になるって」

ヒムカは唐突にそう言った。

「知らない」とぼくは答えた。

紀伊國屋書店の案内を見ていて気づいたらしかった。そしてヒムカは北極星を探そうと言った

ヒムカが言うには、北極星は北斗七星の柄杓の先のふたつの星、α星とβ星の線を五倍した位置にあるらしく、では紀伊國屋の作る北斗七星が指すところにはなにがあ

るのか、地上の北極星はいったいなんなのか調べに行こう、ということらしかった。

「本屋の作る北斗七星が指す北極星だから本に関係してる？」

「そうかもしれない。とにかく行ったらわかる」

「けど、そういうのってたくさんあるんじゃないか。靴屋や銀行だって北斗七星の形に並ぶことはあるだろう？」

「そうだろうな、それで靴屋には靴屋の北極星があって銀行には銀行の北極星があるんだ」

その日の昼はふたりでオムレツを作って食べた。

ぼくらは西風と東風のように電車に乗りこみ、午後の山手線は空席だらけだった。すわらずにプリントアウトしてきた地図をドアの前で広げて相談をした。柄杓の先のふたつの点は新宿の店舗だった。ヒムカはそのふたつの紀伊國屋の距離を指で測って五倍した。どうやらそこは渋谷区になるらしかった。目標の手前からのんびりと歩いて探してみようとぼくたちはとりあえず代々木で下りることにした。

「いまのポラリスはちょっと前は北極星じゃなかったんだ」

「どういうこと？　北極星ってひとつの星のことじゃないの？」

「天の北極に一番近いのが北極星だよ。ちょっと前は違ってた」

「ちょっと前ってどのくらい前?」

「四千年くらい。そのころは竜座のα星のドゥバンが一番北極に近かったからドゥバンが北極星だったんだ」

ぼくたちは急がなかった。北極星にあたるものを探し、周囲に目を配り、しばらく行くと、いつのまにか復興が遅れている地帯に入りこんでいた。

賑やかな地区にはいまではほとんど地震の痕はない。けれどすこし外れると再建が手つかずのところはまだいくらでもあって、このあたりもそんな場所のひとつだった。道路の補修はすんでいたが無人の家や建物がずっとつづいていた。土の部分は雑草に覆われ、割れたコンクリートの隙間からも雑草が吹きだしていた。車の通りもすくなく人通りもすくない。無理もない。東京の人口は半分以下になってしまったのだ。たどりつけばここがそこだとわかるだろうとヒムカは考えていたと思う。ぼくもそうだ。そして探していたものが現れた。

図書館。

本屋の北斗七星が指すものとしてはとても納得できた。

けれどその図書館は地震後の姿そのままで、左半分は傾いていたし、壁はひびわれ、窓のほとんどにはガラスがなかった。関係者以外立ちいり禁止の札が門にかかっていた。

道を通る人はいなかったので、ぼくたちは堂々と門を乗り越えた。ひびわれたアスファルトの上に落ちる影がすこし長くなりはじめていた。

正面玄関は鍵がかかっていたが、裏手にまわると、壊れたドアから簡単に入ることができた。

薄暗い廊下に足を踏みいれる。

夢のなかにいるという感覚がどっと押し寄せてくる。

強い不安が湧きあがりいま目をつむるとヒムカがいなくなるのではないかと思った。前を行く日向くさいヒムカ。

現実というのは、夢の論理を使って人間が作ったものだ。たとえばお金だ。魚や肉や楽器や建物が紙や金属で手に入るというのは夢の論理そのものだ。そして現実は人間が作ったものだから不完全だし夢の論理で修正もできる。けれどじつは夢というのは仮の言葉だ。夢を完全に言い表せる言葉はない。そして夢とはＤＮＡを含んでいる。

事務室がつづく箇所を抜けて一階のロビーに出た。さっき乗り越えた門が見えた。

それから二階を目指した。

二階は雑誌や一般書や児童図書が置かれていた。棚の半分近くは倒れている。ほとんどの本が床に落ちたままで、これほどの本が見捨てられていることに怒りの気持ちが湧きあがった。本は埃をかぶり、窓際に落ちたものは雨に濡れ、変色し、膨らんでいた。

ガラスのかけらが散乱した階段を注意深く三階まで上った。三階は参考図書や専門書の階だった。ぼくたちは棚に残った書物、床に落ちた書物に目を配りながら進んだ。そしてすこし不思議に思った。

この図書館には哲学や宗教や思想関係の本が多すぎた。このくらいの規模の図書館だったら、普通はこんなに揃っていないはずだった。宗教哲学のめぼしい全集のほとんどがあったし、アウグスティヌスやブラヴァツキー夫人の選集があった。洋書もあった。英語しか読めなかったが魔術関係らしいタイトルが見てとれた。それらに目をやりながらぼくらは黙って進んだ。道路のほうからなにか聞こえた気がしたが、窓から見てもなにも見えなかった。けれどなにかがここに、たくさんのなにかがこの建物を目指して集まってきているような、そんな気がした。そしてその感覚は不安をもたらした。

北極星を探すというのはただのゲームで、真面目に考えていたわけではなかった。そして図書館を見つけたことでゲームは終わったはずだった。けれどまだなにかが残っている気がした。ヒムカもそう感じていたのだと思う。ぼくたちは図書館の中心を探していた。図書館はたしかに北極星だったけれど北極星自体にも中心があるような気がしてならなかったのだ。

三階の奥に閉架書庫と書かれたドアがあった。ぼくたちは顔を見あわせた。

ヒムカがドアを開け、ぼくたちは内側に身を辷らせた。棚のあいだをさらに奥に進んだ。部屋があった。ゆっくりノブを回してヒムカがなかに入り、そして息を飲んだ。

「すげえ」ヒムカが小さく言った。

四方の壁一面が革装の洋書で埋められていた。どうやらほとんどが魔術や神秘思想にかんするものらしかった。この部屋の本は床に落ちていなかった。本棚もすこしずれてはいたが倒れてはいなかった。

「このなかの一冊がたぶん北極星たな」とヒムカは言った。ぼくはうなずいた。

「どうやって探す?」

そう言った瞬間、口のなかに厭な味がした。そしてその直後にきた。

地面の表皮の裏側に巨大な生き物がぶつかった。途轍もなく重い衝撃が下から突きあげ、ぼくたちの体は宙に投げだされた。恐怖が体を支配した。またた、また獣がやってきたのだ。縦の揺れからすぐに横の大きな揺れに移った。この変化はなにを意味

おまえ知ってるか、東京の紀伊國屋を大きい順に結ぶと北斗七星になるって

するのか。前のはこうではなかった、これは前より悪い事態なのか、良い事態なのか。本が落ちてきた。大きな革の本は岩のように降ってきた。ヒムカを見るとヒムカは世界が揺れているにもかかわらず、棚に摑まりながら本を探していた。たぶんぼくと同じことを考えていたのだろう。北極星である本を探して開けばこの地震はそれで終わると。棚の本のほとんどはもう床に落ちていた。ということは前の地震より大きいのか。ヒムカは確信に導かれたように進んでいた。そして一冊の本のほうに手を伸ばしなにか叫んだ。そしてその声に応えるように地のなかの獣が咆哮をあげ視界がすごい勢いでぶれた。後ろの棚がこちらに傾(かし)ぐのがわかった。ぼくは腕で頭を抱えてうずくまった。これでおしまいだと思いながら。ヒムカが助かればいいなと思いながら。

気を失ったのかどうかはよくわからない。気がつくと揺れは収まっていた。ぼくの上には本棚が乗っていたけれど本が先に落ちたせいか、どうやら骨折などはしていないらしかった。隣でヒムカも棚の下敷きになっていたが、ちょうど目を開けたところだった。ぼくたちはごそごそと棚の下から這いだした。

立ちあがったヒムカは一点を見ていた。そして言った。

「あれ」

本棚に一冊だけ本が残っていた。

「北極星」

ヒムカが指さした。小型の青い革装本。

ヒムカは黙って立っていた。手に取ろうとはしなかった。ぼくもまた手を伸ばさなかった。

タイトルはなに？

羅甸語。リベル・デ・グロリア。

どういう意味？

栄光の書。

作者は誰なの？

書いてない。

ヒムカはその場に立ったまま動かなかった。

読まないの？

すこし考えていた。

いまはいいかな。

ぼくたちは一階に下りた。あたりはいつのまにか暗くなっていた。あれほど揺れたのに図書館のほかの場所は入ったときと変わっていないように見えた。なにかが集まってきているという感覚は錯覚ではなかった。けれど考えていたのと違ってそれは超自然のものではなく人間だった。濃い色の制服を着た人間たちが門を開けてこちらに向かっていた。ぼくたちが侵入したせいでやってきたのか、それとも定期的な点検作業のためにやってきたのか。ヒムカとぼくはこっそりと裏口から外に出た。けれど門を越えるところで見つかったらしく、後ろで声があがった。ぼくとヒムカは逃げた。暗い道を、暗い空間を、音楽のように擦りぬけた。生きている色のように逃げながらそして笑った。まったくこの死都は素敵だ。

箱

ほぼ立方体のその箱は小型犬の棺にしたら好いのではないかと思われる大きさだった。前肢と後肢を慎ましやかに重ねあわせて、背で緩い弧を作り、瞑目して屈葬を受けいれた犬の姿をその内側に認めたならば、なるほどとみな頷いたことであろう。箱はつまりそのような大きさであった。

瘦せた彼の横にある時、箱はよく目立った。

小学校の三年生の時だったろうか。彼は遠い町から転校してきた。町の名前は忘れてしまったが、都会にほど近い町だった。先生に促されて教壇に立った彼は、紺色のいやに大きな風呂敷包みを手に持っていた。風呂敷の中身は大きな箱のようで、結び目の隙間から、板材の白っぽい面が覗いていた。

彼の挨拶はごく簡単なものだったが、田舎の学校だったので、いかにも洗練されたイントネーションに、教室中が感嘆の溜息をついたようでもあった。彼は挨拶を終えると、大きな風呂敷包みを持って、先生に示された席のほうに向かった。そして手慣れた仕草で、机の横にそれを置き、椅子に腰を下ろした。風呂敷に包まれた箱は大きさのわりに軽いもののように見えた。

何か特別な理由があって、その日は箱を持ってきたのだろう、と誰もが思った。けれど彼は翌日も、そしてその翌日も、風呂敷に包んだ大きな箱を持ってきた。風呂敷はある時は茶色だったり濃い緑だったりしたが、結び目の隙間から覗く木の面はいつも同じ色、いつも同じ白っぽい色だった。

転校生というだけで好奇心の対象になっても不思議はなく、さらに箱のことがあったので、クラス中の視線はそれからしばらく彼に集中した。性格は親しみやすかった。小柄で痩せていたが、運動神経はよく、スポーツは何でもできた。人気者というほどではないが、みんなに好かれていたように思う。そして転校してからひと月ほどのうちに、クラスのみんなは一人残らず同じ質問を発したのではないだろうか。

箱のなかには何が入っているのか。

しかし、誰も満足のいく答えを返して貰った者はいなかった。ある時、ほかのクラスの担任までがその質問をするのを耳にした。彼はいつもの通り答えた。

何でもないです。お父さんに言われて持ってきているのです。

子供のことだから無茶もあった。ある時クラスで一番乱暴な子が力尽くで箱を開けようとした。摑みあいになり、柔道教室に通っていたその子は彼を腰ですくいあげ、綺麗に投げ飛ばした。そして風呂敷の結び目を解こうとした。けれど起きあがった彼は後ろからその子の首を絞めた。微塵も容赦のない絞め方だった。それまで遠巻きにして見守っていた者たちは、一瞬にして、彼の手に籠められた力の異常さを見てとって、慌てて止めに入った。止めなかったら死んでいたかもしれない。そんな絞め方だった。

体育の授業のときも彼は箱を離さなかった。体育館の床に置かれた箱はいっそう奇妙な趣を湛えて見えた。トイレに行くときでさえ持っていった。それでも何度か箱から離れなければならないときがあった。運動会のときもそうだった。さすがに箱を持って行進するわけにはいかなかったのである。運動会のとき、彼は教室に箱を置いていった。先に教室に帰ったクラスメートの何人かが風呂敷を解き、箱を開けようとした。蓋は簡単に外せそうに見えたが実際にやってみると釘で打ちつけでもしたかのように微動だにしなかった。鍵がついているわけでもないのに外すことはできなかった。

わたしは彼とは比較的仲がよかった。一度だけ彼の家に行ったことがある。大きな家だった。商店街が終わり、民家が多くなりはじめたあたりに細い道があって、その奥に彼の家はあった。ずいぶん古い家で、転校してきたのになぜわざわざそんな古い家に住んでいるのか、わたしは不思議に思った。

家は八月の暑さのなかにひっそりと蹲っていた。暗い玄関でわたしは独り待った。彼は奥に消えて、しばらく出てこなかった。伝え聞いたところでは、家には彼と母親と祖母の三人しかいないらしかった。父親に言われてというのは、だからその点でも妙な印象を与える説明だった。やがて戻ってきた彼はわたしを奥の座敷に案内した。予想していたように子供部屋にではなかった。

とても大きな畳敷きの部屋で、縁側から入る光も奥までは届かず、床の間や欄間のあたりには薄い闇が蟠（わだかま）っていた。彼はその座敷に図鑑をたくさん持ってきた。二人で図鑑を見ていると、しばらくして、おばあさんが冷たい飲み物を持ってきた。小さなおばあさんだった。「暑かろ。法師さまもまだ啼かんもんなあ」と、ひどく歳をとって見えるそのおばあさんは言った。

一番好きな図鑑を忘れた、と彼は言った。それでそれを探しに行った。

図鑑を見るのに少し飽きていたわたしは、何気なくあたりを見まわした。そうすると、箱が見えた。隅のほう、使っていない水槽の向こうにあったので、それまで気がつかなかったのだ。箱は風呂敷に包まれていなかった。白っぽい木でできたそれは剥きだしのまま畳の上に置かれていた。わたしは図鑑を置いて、そちらに躙(にじ)りよった。そうして蓋に触ってみた。すでに何度か見て知っていたが、蓋は蝶番のついた扉式のものではなく、上から被せるだけの簡単なものだった。両手で蓋を開けようとすると、箱全体が持ちあがった。蓋のほうは動かなかった。どこかに鍵でもあるのかとわたしは何度も確かめた。廊下の向こうに足音があった。わたしは急いで箱から離れ、図鑑を手に取り、それに見入っているふりをした。彼は探るような目でわたしを観察していた。けれど何も言わなかった。

彼の家に行ったのは、その一度だけだった。わたしが箱を調べていたことを、彼は知っていたのかもしれない。

彼もわたしも同じ中学に進んだ。けれどクラスが違ってしまったので、顔を見ることは少なくなった。中学に進んでも相変わらず箱は持ち歩いているようだった。そして、二年生の冬のはじめに、彼はまたどこかに転校していった。

東京に出てきている者たちが集まって数年に一度同窓会を開いたが、彼がそれに出席することはなかった。いつも幹事をする者の言うことでは、東京に住んでいて、案内も一応送っているということだった。出席はしなかったものの、彼のことは話題に上った。あの箱の中身は何だったのか、同窓会ではかならずその話題が出て、ひとしきり盛りあがった。首を絞められた同級生はいまは大手の酒造会社に勤めていて、だいぶ格幅がよくなっていた。そしてあの時は恐ろしかったと真顔で言った。

姿こそ見なかったが、彼に関するニュースは、かつてのクラスメートたちから何度か伝わってきた。外車のディーラーに勤めている同窓生がいて、そこに彼は車を買いにやってきたらしかった。

男が一人、自動ドアから入ってきた。手には大きな鞄を持っていた。鞄は黒く、革製で、立方体に近い形をしていた。立方体の鞄か、珍しいな、と思っていると、記憶のなかで疼くものがあった。書類に書かれた名前を見て、はっきりした。自分の名前を言うと、向こうも思いだした。少し話をしたが、昔とまったく同じ印象で、人当たりも悪くなかった。相変わらず、あれを持ち歩いてるんだよ、と外車のディーラーに勤めるその同級生は言った。仕事は何をしてるみたいだった、と女の同級生が尋ねた。さあ、サラリーマンではないように見えたけど。

彼が買っていった車は白く、優雅で、速い車だった。

新たな消息は思いがけない形で伝わってきた。

ある時、わたしは「スペイン美術の精髄」という展覧会を見に行った。スペインや美術に格別興味があったわけではない。人に誘われるままに足を運んだだけなのだが、そこで連れが買ったパンフレットを何の気なしにめくっていたわたしは、一枚の写真に目を奪われた。展示物の写真ではない。解説者の写真である。パンフレットには二種類の解説がついていて、それぞれの書き手の写真が載っていたのだが、そのひとつに驚きを覚えたのである。スペインの美術の歴史について書いていたその解説者は彼に相違なかった。面立ちはあまり変わっていなかった。歳月が表情に少し苦みを与えていたがすぐにわかった。あらためてパンフレットの文章を読んでみると、ずいぶん専門的な内容で、半分も理解できなかった。肩書きは書いていなかった。こういう文章を書いて生計を立てているのだろうかと思った。また、はたしてそういうことで暮らしていけるものだろうか、とも思った。

たぶん一生会うことはないだろう、そんな気がしたが、ふとした折に彼のことを思いだしたりした。箱と白い車とスペイン美術の歴史は霧の裳裾のようにわたしの日常の隅でひっそりと揺蕩(たゆた)っていた。そして再会の時がきた。

生きていくこと、生活していくということは、繰り返しに慣れることだ。わたしの日常もまた繰り返しだった。しかし誰の人生にも転機というものはある。わたしはその頃、永年勤めていた会社をある事情で辞め、印刷会社に就職していた。営業という慣れない仕事だったが、二人目の子供が生まれたこともあって、仕事にたいする意欲は盛んだった。そして、その仕事の関係でわたしはあるグラフィックデザイナーの個展の打ちあげに出席した。打ちあげは個展を開いたギャラリーでやり、三十人ほどが集まった。さまざまな人たちがいた。会話があまり得意でないわたしは、とりあえずビールのグラスを片手に人のあいだを縫って歩いていた。最初に目に入ったのは、立方体とも見える黒い大きな鞄だった。立ちどまったわたしは、そのまま視線をゆっくりと上のほうに這わせた。はたして、鞄の横に立っていたのは彼だった。相変わらず痩せていたが、身長はその後伸びたらしく、わたしより大きかった。暗い色の、一目で上等と知れるスーツを着ていた。ネクタイは淡く柔らかな黄緑だった。わたしの驚きの表情のせいだったのだろうか、彼はわたしが誰であるか瞬時に悟ったらしかった。その顔に浮かんだ表情は懐かしそうでもあり、困ったようでもあった。その困ったような顔に気づきつつも、わたしは嬉々として彼に話しかけていた。

　打ちあげパーティーへの参加は半ば仕事のようなものでもあったので、挨拶をしなければいけない人も少なくなかったのだが、結局、彼と一番長く話した。どうやら会社には勤めていないようだった。自分の仕事については美術関係という曖昧な言い方をした。結婚はしていないらしかった。いまは世田谷のほうに住んでいるということだった。

彼は名刺をくれた。肩書きのない簡潔な名刺だった。わたしも名刺を差しだした。会社から給付された写真入りの名刺だった。まだ持ち歩いているんだな、と別れ際に言うと、彼は軽く頷いた。

そして、それからどのくらい経った頃だろうか。二年か、三年か。家に帰ると、黒縁の葉書が待っていた。彼が急逝したことを告げる葉書だった。詳しいことは何も書かれていなかった。生前はお世話になりました、とあって何も世話などしていないとわたしは思った。

夏だった。ワイシャツの背中や脇の下は汗でぐっしょりと濡れていた。太りすぎだぞお前、と呟きながら、わたしは私鉄の駅から真っ直ぐつづく道を歩いていた。大きな家ばかりが並んでいた。名刺を確かめながら、電柱の番地を確かめながら、わたしは歩いた。結局三十分くらい探しまわっただろうか。彼の家は大きな家だった。背よりも遥かに高い塀が巡らしてあって、なかのようすを窺うことはできなかった。大きな門の横に通用門があり、呼び鈴があった。わたしは呼び鈴を押した。

しばらく待った。蟬の声が見えない雨のように降っていた。立っているだけで汗が吹きでてくる。子供が二人リコーダーを吹きながら通っていった。白い髭を生やしているが若々しい格子柄のシャツを着た老人が自転車に乗って通り過ぎる。

人の気配があり、不意に開き戸が奥に向かって引かれた。何とはなしに見覚えのある小柄な老婆がわたしを見上げた。相手が誰か確かめずに戸を開けるなんて不用心だなとわたしは思った。そして同時にこのおばあさんは彼の祖母なのだろうか、確かに記憶のなかのおばあさんと似ているが、と思った。老婆はなかに入れという仕草をした。

まず目に飛びこんできたのは広い庭だった。家のほうは木造の平屋造りで、だいぶ老朽化しているようだった。玄関に入ると、意外に涼しかった。クーラーのせいなのだろうか。

老婆に従って、わたしは長い廊下を歩いた。右手は庭だった。左手には同じような部屋が幾つもつづいていた。がらんとした座敷で、どの座敷もみな同じような造りだった。

やがて、仏壇のある部屋にたどりついた。ずいぶん広い部屋で、仏壇を置くには広すぎるように見えた。それから、型どおりの言葉を述べ、線香を立て、わたしは彼の写真の前で手を合わせ、目を瞑った。目を瞑りながら、自分が手を合わせている人間について何も知らないことにあらためて気がついた。おばあさんはいったん座敷を出ていき、お茶と茶菓子を持ってきた。「暑かろ。法師さままだ啼かんもんなあ」とおばあさんは言った。それからしばらく沈黙があって、何か話さなければと思って口を開きかけた時、おばあさんは何かもごもごと呟きながら立ちあがり、そのまま座敷を出ていった。

わたしは独り残った。蟬の声はいまはなかった。庭は日差しのせいで白っぽく見えた。汗は引っこんでいた。おばあさんはいつまでも帰ってこなかった。仏壇の写真のなかの彼は生真面目な顔をしていた。大きな家だな、とわたしは写真に向かって呟いた。そして、その時、箱に気がついた。箱は床の間の隅に置いてあった。黒い鞄に包まれてはいず、剝きだしだった。わたしは立ちあがり、部屋を横ぎって、床の間の前に立った。おばあさんは帰ってきそうになかった。ゆっくりと蓋に手をかけ、開けようとした。案に相違して、蓋はあっけなく外れた。自分の心臓の音を聴きながら、わたしは蓋をそのまま持ちあげ、箱の横に静かに置いた。それから箱のなかを覗きこんだ。

何もなかった。箱のなかには何もなかった。

　ほっとしたような、がっかりしたような心持ちで、わたしは二、三歩ほど後ろに下がり、その場にすわりこんだ。

　箱には最初から何も入っていなかったのだろうか。それとも彼が死んだので、なかの物は取りだされたのだろうか。棺に一緒に入れられて、焼かれてしまったのだろうか。何となくぼーっとした心持ちでわたしはそんなことを考えていた。座敷も家のなかも静かで、彼の祖母と思しい老婆の帰ってくる気配はなかった。蓋を元に戻さなければと思いながらも、妙に気怠く、しばらくそのまますわっていると、縁側のほうから一匹の蝶々が舞いこんできた。蝶々は薄暗い座敷の空間を横切り、わたしの顔の横を通り過ぎ、箱のなかに消えていった。妙だなと思って、箱のほうを見ていると、また目の前を通り過ぎるものがあった。蜻蛉だった。蜻蛉が一匹、ゆらゆらと飛んでいき、箱のなかに消えていった。わたしは立ちあがって、箱の前まで行き、ふたたびなかを覗きこんだ。なかにはやはり何もなかった。さきほど飛びこんだ蝶の姿も、蜻蛉の姿もなかった。混乱した気持ちでわたしは箱の前に立っていた。箱の上端に白い物が見えた。虫だった。白く長い芋虫が体をくねらせて、なかに入ろうとしていた。体に震えが走った。よく見ると、その下にもべつの虫がいた。そして反射的に後ろを振り返ると畳の上にさまざまな虫の行列が切れ切れにつづいていた。羽のある虫、這う虫、触角のある虫、醜い虫、美しい虫。そしてぺたんという音が聞こえて縁側のほうを見ると、縁側をこちらに躙り寄ってくる蟇（ひき）の姿が目に入った。

わたしは急いで蓋に手を伸ばし、ともかくそれを箱に被せた。蓋と箱の上端に挟まれた虫が潰れる感触が伝わってきた。

体中が冷たい汗で濡れていた。動悸がなかなか鎮まらなかった。ようやく一息ついて恐る恐る虫が行列を作っていたあたりに目を遣ると、そこにはもう何も見えなかった。縁側にも何も見えなかった。

廊下に人の気配があったので、わたしは仏壇の前に戻った。

それから、老婆と少しだけ話をし、わたしは彼の家をあとにした。

外は暑く夏はまだ終わりそうになかった。

未知の鳥類がやってくるまで

1　校正係の失敗

まさかこういうことが自分の身にふりかかるなんてと、暁島（あきしま）みか子は思った。

著者の朱筆が入った校正刷りを紛失してしまったのだ。

もちろん一大事だったし、ことは自分の失態だけにとどまらなかった。校正刷りをわたしに預けた原田くんもただではすまないはずだ。罰を受けるだろう。異動させられるかもしれないし、何箇月か減俸なんてこともあるかもしれない。そしてわたしは、わたしはどうだろう。このことだけで馘首（くび）にされることはないかもしれないが、校正刷りがもしでてこなかったら、それ以後いづらくなるはずだ。

長篇一冊分の校正刷りに著者が何十箇所も赤を入れたもの、まだコピーをとっていないもの。著者も同じことは書けない世界にひとつだけの校正刷り、それが失くなったとしたらどんなに温厚な著者でも激怒かそれに近い反応を示すだろう。探しだせなかったら、自分は結局会社をやめることになるかもしれない。それでなくても職場での自分の立場は強固なものではない。著者の朱入りの校正刷りは社外持ちだし厳禁だった。たぶん紛失した事例があったのだろう。原田くんは校正刷りを持ちだすべきではなかった。そしてそれをわたしに渡すべきではなかった。いくら酔っていたとはいえ。そしてわたしは受けとるべきではなかった。同じく酔っていたとはいえ。自分は慎重な性格だった。臆病と言ったほうがいいくらいで、これまでの人生で大胆なことをした記憶はほとんどない。けれどあの文章、あれは自分にとって特別なもので、あの小説はたしかに自分のような人間のために書かれたものだったのだ。だから原田くんもわたしに差しだしたのだ。たぶん。

暁島みか子は出版社に勤めている。所属は校閲・校正部である。大学を卒業していまの会社に入った。勤めて五年目で、仕事に満足し、転職などは考えていない。校正という仕事は自分にあっているような気がしている。

大学では国文学を学び、卒論は近世思想だったが、興味があってその分野を選んだわけではなかった。先生があるとき近世思想には宇宙があると言い、その言葉に惹かれて専攻を決めた。安藤昌益や佐藤信淵などにかんする本を必死になって読んだ記憶があるが、研究に関係する一切は実生活に驚くほど関係がなく、いまとなってはせめて近代あたりの小説でもやっていれば仕事の足しになったろうし、同僚との会話の便(よすが)にもなったのにと思わずにいられなかった。

　みか子の外見の特徴は地味なことかもしれなかった。目鼻立ちに特徴はない。髪は後ろで結わえている。以前はひとつに結わえた髪を背中に垂らしていたが、あるとき編集部の滝口さんに前に垂らしたほうがかわいく見えるよと言われてそれからそうしている。そのせいでかわいらしく見えるかどうかはわからない。滝口さんもそれからなにも言わない。趣味というほどのものは持たなかったが文房具を見るのは好きだったし、文房具屋にいくのも好んだ。

　先週の日曜日、どうして校正係になったのかと、大学時代の友人である野間かすみに尋ねられた。展覧会に誘われて半年ぶりに会ったのだ。野間かすみには書家の知人がいてその人の個展だった。

　訊かれて考えたが、答えは思い浮かばなかった。だから文章に関係したことがしたかったのかもしれないと曖昧な答えを返した。

　野間かすみは作家になればよかったんじゃない、と言い、「作家って特別な人でないとなれないんじゃないかな」とみか子は答えた。

　三日後、社員食堂で本日のランチをひとりで食べているときに、そのやりとりを思いだし、なんとなくそこから考えたことがあった。それは自分の名前に関する出来事だった。

　暁島みか子は中学生のとき、たまに焼き鳥みか子と呼ばれた。誰かが暁島という漢字が焼き鳥に似ていると言ったことがきっかけで、みんながそう呼んでいたわけでもないし、いつもそう呼ばれたわけでもないけれど、その綽名で呼ばれることには抵抗があり怒りも覚えた。以前は、たぶんいまもなのだが、以前は怒りの表し方を知らなかったのでなにもしなかったし、そう言われるたびに逆に笑っているように見えないでもない表情になったので、みか子が厭がっているとは誰も思わなかった。

　そういう記憶が意識の面(おもて)に浮かんできたものの、それがいま校正をやっている理由だとは思えなかった。けれど、とみか子はさらに考えた。いや、ほんとうにそうか、あのとき受けた傷は自分が考えるより深く、それで無意識のうちに漢字表記の間違いに目がいくようになり、最終的に自分は校正部に異動を希望したのではないか？

　やきとりみかこ、とみか子は食堂のテーブルで小さく唇を動かしてつぶやいてみた。そして後悔した。一瞬震えが走るほどの嫌悪感を覚えた。いまになってもこれほど拒否反応が生じるということは、やはりあれが遠因なのだろうか。

　どちらにしてもみか子はいまやっている校正の仕事が好きだった。

どんなに優れた作家でも初校には間違いがある。一度だけベテラン作家の短篇の校正をやったとき申し送り的なもの以外のチェックが入らないことがあったが、もちろんそんなことは稀だった。作家は間違う。作家には知らないことがある。誰もが間違ったり、知らないことがあったりすると同様に。

すこし後ろめたい気もするのだが、みか子は人の間違いを拾うことが好きだった。間違っていると当人に面と向かって言うのはとてもできない気がしたが、校正係にはそういうことは求められていない。校正刷りに書きこむだけだ。けれども正確に言うと、好きなのは「人の間違いを拾っていく」ことではないかもしれない。ただ「間違いを拾っていく」ことだけが自分にとっては重要なのかもしれなかった。誤ったものをあるべき姿に戻してやること、それが好きなのかもしれない。「味あわせる」や「通りがかった」の用法を確認してもらい、「目線」の使い方に注意を促し、「行く」や「来る」をできれば統一し、半角の隙間を消し、変換の際に産まれた「かか」や「たた」の片方を消し、「繫」や「剥」を正しい字にする。厚い校正刷りの束がくると、こんなにたくさん校正できるのかと思って嬉しくなるし、ｕｎｉの１・０ミリを握るとき、なんとなく厳粛な気持ちになる。

ボールペンにかんしては変遷があった。パイロット、ゼブラ、ｕｎｉと変わってきた。持ちやすさは重要だし、グリップ部分の造りはとても大きな要素だった。それが自分にあわなければ右手に無駄な力が入り、肩凝りや疲労の原因になる。右手に不要な力が入れば左手にも余分な力が入る。みか子は右手だけでなく、左手首の下にもシリコン製のリストレストを置いていた。リストレストのことを教えてくれたのは先輩の槇田さんだった。槇田さんは字の太さについても教えてくれた。槇田さんは以前自分が校正した作家と飲む機会があってそのときに言われたそうだ。書きこまれたボールペンの文字が細くて冷たい印象があったと。校正をする人間がそこまで気を遣う心きかわからないのだけどそれ以来すこし太いのにしていると槇田さんは言った。みか子はなるほどと思い、その日の帰りに銀座の文具店にいき、三種類のメーカーの三種類の太さのボールペンを計九本買い、その結果いまの太さになった。

鉛筆は三菱のBだ。鉛筆の反対側を文字の列の右側にあてて滑らせ、一度確認する。そのときには文の意味は頭に入れない。意味に意識がいくとかならず見落としがでる。字の重複、抜けはそれで拾える。誤変換もだいたい拾える。

二度目は表記の揺れのチェックだ。揺れがでる可能性のある語には傍点を振る。傍点はあとで消す。鉛筆の傍点をそのまま残す人もいるが、そのままでは著者は校正しにくいはずなのでかならず消す。

最後に鉛筆をあてずに読む。文の意味を頭に入れながらゆっくりと。長文の助詞の間違い、数や時間の勘違い、固有名詞の表記、プロットの矛盾に気をつける。

同期で編集部にいる原田照久が、これ面白いよと言って社員食堂ですこし読ませてくれたのは新人の長篇の校正刷りだった。著者の赤が入っていた。それは『あなたの影にきいたところによると』と題されていた。なんとなく不思議なタイトルで暁島みか子はタイトルだけでその作品が自分向けだと直感で知った。じつはみか子の直感はあまり正確ではなかったけれど直感に逆らうことはいつもできなかった。

校正者になってから小説が楽しみにくくなった。そして本の形になっていない校正刷りの形だったらなおさらで、校正刷りに書かれたものは仕事にしか見えない。けれどその作品『あなたの影にきいたところによると』は、すこし様子がちがっていた。最初にでてくるのは寄宿制の学校だ。寄宿制の男子校。主人公は小説がはじまってもわからない。複数の人物がでてくる。学校や寄宿舎で不思議なことが生じているということがとても遠まわしに語られる。小さく微かな兆し、精妙な変化。そして主人公がわからないうちに舞台が変わる。つぎの舞台はどこかの町、野外音楽堂がある町、運河の町。

みか子が校正刷りを失くしたのはその日の夜、金曜のことで、その日は送別会が行われた。営業部の世話になった人が退職するのでその人を送る会だった。退職の理由は詳しくは知らなかった。営業部にはほかに親しい人はひとりくらいしかいなかったけれど、好感を抱いている人だったので出席することにしたのだ。

営業部を中心に二十人ほどの会ということだった。営業の人たちに混じるのはすこし緊張が伴った。会場の店は会社から十五分くらい歩いたところにあり、駅の反対側の魚のおいしいという店だった。

送別会は思ったより楽しかった。営業部にたいする苦手意識は自分でもあまりいいものだとは思っていなかったので、すこし軽減できた感覚もあり、そのこともよかった。隣が原田くんだったことも楽しかった理由かもしれなかった。本人が意識しているかそうでないのかわからなかったけれど原田くんがいると場の空気がなごやかになることが多かった。そしてだいぶ酒が進んだころ、その原田くんが言った。「そうそう、暁島さん、これ読みたくない?」

そう言って鞄からクリアファイルを取りだし、はさんである封筒の中身をみか子に見せた。校正刷りだった。「昼間のやつ、食堂で暁島さんが読んだ新人の長篇」と原田くんは言った。「すごく興味ありそうだったよね。読みたいんだったら今日持って帰っていいよ。月曜の朝に返してくれたらいいから」

校正刷りを持って帰って平気？　社外に持ちだしたらいけないんだよね？　とみか子はすこし声を低くして言った。酔っていたけれども。ああ、そうだよね、でも、と原田くんは応じた。本は読みたいときに読むのが一番いいから。

でも持ってきたってことは家でなにかするつもりだったんでしょう？　そう、書きこみが細かくて、明日外でゆっくり作業しようと思ったんだけど、考えてみれば、今週は予定があったんだ。だから暁島さん持って帰っていいよ。ＰＲ誌もできたから一緒にはさんでおくよ。穂倉さんの連載、好きでしょ？

その夜、みか子は調子にのってすこし飲みすぎてしまった。いやすこしではないかもしれなかった。店をでて歩いているときにふらついてしまい、周囲から心配された。退職する人とは最寄り駅が同じだった。電車から一緒に降りたところまでは憶えていたけれど、その後の記憶が曖昧だった。別れ際に世話になったお礼として用意した本を渡したことはかろうじて憶えている。けれど家に着いたとき自分がなぜ花束を持っているのかわからなかった。

テーブルにハンドバッグと花束を置き、ソファーにすわった。天井がまわっていた。そしてまわっているなと考えているうちに眠ってしまった。目を開けて時計を見ると小一時間ほど経っていた。

冷蔵庫から水のペットボトルを出し、グラスにいっぱいについで飲みほす。それから化粧を落とし、部屋着に着替える。すこし酔いがさめていた。

眠かったが寝るのはもったいなかった。土曜の朝がきて午後がきて、土曜はあっというまに終わる。そして日曜日の正午を過ぎると週末はもうおしまいだ。台風がきていて、外出はどのみち無理そうだったけれど、それならそれで家で二日丸ごとゆっくり過ごせる。自分の時間を家で楽しむのだ。台風の日に家で本を読むのはなんとなく素敵ではないか。

本で思いだした。校正刷りを預かったのだった。あの新人作家には普通ではないところがある。とにかく襞の多い文章は魅力的だと思いながら、みか子はバッグからクリアファイルを取りだした。妙に薄かった。PR誌がはさまっていた。けれど封筒はなかった。無意識のうちにバッグからだしてどこかに置いたのかと思い、テーブルの上や床を見た。なかった。玄関をたしかめ、トイレを探し、ベッドの上を見た。やはりない。そんなはずはない、失くなるはずはないと最初は気楽に構えていたが、もう一度バッグからベッドまで確認しても校正刷りの入った封筒はでてこなかった。

酔いは吹きとんだ。事態の重大さが血管に染みこんだ。

校正刷りを失くしたのかもしれない。それは通常の失敗とはわけがちがった。みか子は青くなった。血の気が引くという感覚を生まれてはじめて味わった。

ソファーに戻って気持ちを落ちつけ、できるだけ正確に記憶をたどろうと試みた。居酒屋の座敷の、自分は壁際にすわっていた。となりは原田くんで、会の途中で原田くんはわたしにクリアファイルを渡した。受けとってバッグに入れた。それからバッグを開けただろうか。電話を取りだしたとき、財布を取りだしたときには開けた。けれどクリアファイルは一度も取りだしていない。ただたまたまメールを確認しているときに背中のほうに置いたバッグを誰かに蹴飛ばされた。もしかしてそのとき飛びだしてしまったのだろうか。いやそんなはずはない。クリアファイルはある。なかの封筒だけが飛びだすなんてことはない。

いつもとちがうものを飲んだせいかかなり酔っていた。店から駅までのあいだバッグはかさばって重かっただろうか。帰りの電車のなかはどうだったか。そのあたりはまったく思いだせなかった。

みか子はインターネットで番号を調べ、送別会をやった店に電話した。十時をまわっていた。

電話はなかなか繋がらなかった。

ようやくでた店員の声はすこし面倒そうだった。たぶん忙しいのだろう。たしかに忙しそうな店だった。みか子は言った。

封筒を忘れてしまったような気がするのですが。

封筒ですか。

校正刷りが入っている封筒と言いかけてやめた。

書類が入ってます。

書類がはいった封筒ですね、ちょっと待ってください。

しばらく待たされた。みか子はだいたいてい物事を悪いほうに考える。ありませんでしたという返事を覚悟していた。

「ありました、大きい封筒ですよね」

いきなり真夏の太陽に照らされたような気がした。

「ありましたか」

「A4っていうのかな。大きいですよね」

「そうです、大きい封筒です」

みか子は深く安堵した。

「いまから取りにいきます」

「いまからですか、何時くらいになりますか」

頭のなかで計算した。

「十一時四十分くらいです」

「ああ、じゃあ、明日にしてもらったほうがいいかも。十一時に店、閉まっちゃうんで、もしかしたら店長とか残ってるかもしれないけど」

電話の向こうがちょっと砕けた口調になった。

明日でもいいのだろうか。みか子は考えた。とにかくあったからいいのだろうか。けれどできるだけ早く取りもどしたかった。

「十一時半でもだめですか」

「そうか、急いでるんだ、えーと、地下鉄だよね、十一時半におれ、駅まで持っていきますよ、十一時半。昭和通りの銀行の横の出口わかります？　封筒持ってきますから」

「ありがとうございます。銀行の横ですね。だいじょうぶです」

みか子は人の温かさに感じいった。

着替えて眼鏡をかけ、家をでた。暗くなってからの外出はすこし心細かった。風もでてきていた。台風はまだ南の海上だったけれど、気配は空気にすでに忍びこんでいた。

地下鉄の駅から地上にでて暁島みか子はあたりを見まわした。

その付近は夜はいつも暗く人影が少ない。ガードレールに寄りかかって端末を眺めている人がいて、右手にデパートの紙袋を下げていた。その人はみか子に気づいた。なぜだかすこし厭な感じがした。品定めするような視線だった。

「すみません、魚仙のかたですか。電話した暁島です」

「あ、どうも。おつかれさまです」と男は答えた。二十代後半くらいで痩せていた。

「無理を言ってすみません、ものすごく助かりました。大事なものだったので」

男は黙っていた。紙袋のなかを探るような動きも見せなかった。紙袋はくたびれていて、縁が破れかけていた。

酔った学生のグループが大声で会話しながら階段を下りていった。

「五万円でいいよ」と男は言った。

頭を殴られたような気がした。言葉の意味が捉えきれず自分の喉からでた声は震えていた。

「えーと、お礼ということですか」

「そうだよ、おれがいなきゃ、これ捨てられたから」

声だけでなく体も震えた。はずれを引いてしまったのだった。なにかの。

「ちょっと待っていただけますか、コンビニで下ろしてきます」

そういうと男は声をあげて笑い、その声はすぐやんだが、笑ったままの表情で言った。

「ああ、そうだよね、五万なんて普通持ってないよね。いや、冗談。本気にした？五万とかいいから、これからちょっとつきあわない」

男は笑った顔のまま言った。

「つきあうってなににですか」

「うーん、そのへん。三、四時間くらい、飲みにいこうよ」

「お酒はあまり好きじゃないんです」

「いやあ、お礼だと思ってさ、始発まで、金曜日じゃない」

「五万円払います。コンビニで下ろしてきます」

「ちょっとだけ、そしたら忘れ物返すから」

男の手が伸びてきて、みか子の腕を摑んだ。

みか子は反射的に身体を捻り、その手を外した。

気味の悪い笑い顔が、気味の悪い真顔になった
人通りが少ないとみか子は考えた。いまそばには誰もいない。

「なに、返してほしくないの？」

「返してほしいです、五万円あげます」

「おれは金がほしいわけじゃないんだよ、わかってないな」男は傷ついたように言った。

「いいから、いこう、すぐそこだよ」

また顔が笑った。

手が伸びてきて今度は左の手首を摑んだ。

みか子は手を引いたが、それでも向こうは離さなかった。力の強さに急にこわくなり、逃げようと思った。思いっきり力をこめて乾いた掌から手を引きぬき、身を翻し、逃げた。数歩走ると、目の前の風景を大きな人が急に引っぱったらしく視界全体がぐらつき、すべてが上方に落ちていき、替わりに白いなにかが迫ってきた。

2　目覚め

遠くでゆっくりした曲を誰かが演奏している。極彩色の服の音楽家の周囲を動物たちがゆっくりまわっている。メリーゴーラウンド？　でも動物は生きている。それにゆっくりまわっているのは動物だけではない。人形たちも。音楽がどんどん遠くなる。

もっと聴いていたい。

静かで薄暗い。

天井。

茫（ぼう）っと白い。

ここはどこだ。

なぜ服を着たまま寝ているのだろう。

頭が重い。なにかついている。

頭の左が痛い。触ると髪ではなくかさばったなにかが手に触れた。

みか子は上体を起こした。病院の一室だろうか。静かだ。

ベッドをでて、窓辺に立ち、カーテンを引くと外は暗く、風を受けて木がしなっている。

ドアが開く音がして振りむくと看護師が入ってきた。看護師は驚いてみか子の顔を見た。

まだ動かないほうがいいですよ。

わたしはどうしたんですか。

道路に倒れていて、救急車で搬送されてきたんです。

倒れていた？　どうして倒れていたんですか。

年配の看護師は笑顔になって言った。

憶えてないんですか。頭を打ったからでしょうね。ベッドに寝ててください。九時になったら先生がきますから、たぶんＣＴを撮ります。

みか子は看護師の言葉に逆らわず、ベッドに戻った。頭は腫れているようだった。かさばっているのは湿布だろう。

頭をなにかにぶつけたのか。なににぶつけたのだろう。思いだせなかった。思いだせないことで不安になり、みか子は自分の記憶を確認した。名前、生年月日、住所、電話番号。どれも思いだせたのですこし安心した。電話番号といえばスマートフォンはどこだろう、バッグはどこだろう。みか子はまた不安になって上体を起こした。ベッドの横にはどこの病院でも見かける天板つきの収納棚が置かれていて、下の引き戸を開けると、バッグがあった。ほっとした。バッグの口を開け、スマートフォンを探す。あった。時間を見ると三時四十一分だった。

自分は転んだのだろうか。目の前の風景が激しく揺れた記憶があった。それは転んだということなのか。そしてなにかに頭をぶつけてしまったのか。転んだにしては痛む位置がすこし変だった。横に転んだ？　それともとっさに顔をかばった？

頭が痛くてとても眠れそうにないと思ったけれど、眠気はちゃんとやってきた。起きたら朝で病室はＩＣＵのようだった。廊下に人が行き来する気配があり、やがて昨夜とちがう看護師が入ってきて尋ねた。

気分はどうですか。

気分、気分はどうなんだろう、気持ち悪くないかという意味だなと思った。

だいじょうぶです。

吐き気はありますか、眩暈はしますか。

ありません。しません。

手足がしびれたりはしていませんか。

みか子は手足に神経を集中した。

だいじょうぶです。

三十分ほどで先生がきますから、整形外科で受付をしておいてください。

看護師がいなくなってからみか子は体を起こした。頭はあまり痛くないが動きたくなかった。けれど言われた通り行動するしかない。

整形外科の先生はとても若かった。頭を打ったときの状況を訊かれた。

なぜ頭を打ったの、転んだ？

子供に言うような口調だった。歳は自分とあまり変わらないのに。

思いだせなかった。

転んだんだと思います。

歩いていて？

どうだろう？　ちがうような気がした。

曖昧な顔になっていたのだろう。医師が言った。

頭を打つと一時的に健忘状態になることがあるんだ。細かいところはもうすこし経たないと思いだせないかもしれないな。誰かとぶつかったりはしてないんだよね。

わからなかったけれど、口から「ちがうと思います」という返事が勝手にでた。

ＣＴを撮ろう、と医師は言った。

しばらく待ち時間があり、それからべつの部屋でＣＴを撮った。生まれてはじめての経験だったけれど、撮影はあっという間に終わった。

普段だったらＣＴの結果は当日では聞けないらしかったが、今日は一時間ほど待てば教えてくれるということだった。

ＩＣＵに戻った。頭の痛さに気をとられていたけれど、右の肘にも左の足首にもすこし痛みがあった。転んだときにそこもぶつけたのかもしれなかった。転んだときに？　ほんとうに転んだのだろうか？　さっきはなんとなく話をあわせた。むかしから自分はそうだった。天気がいいですねと言われればそうですねと答え、試験が難しかったかと訊かれたら難しかったと答えて、だいじょうぶかと訊かれたらだいじょうぶだと答える。

ＩＣＵのベッドで点滴を受けた。点滴が終わったら整形外科まできてくださいと言われ、点滴後に整形外科の前の長椅子にふたたびすわった。同じことを長く考えられないことに気づいた。打撲のせいなのだろうかこれはと思った。

ＣＴの結果、内部出血は認められないということだった。みか子は一安心した。今週こられる？　と医師は尋ねた。みか子は半休をとることになるなと思いながら、はいと答えた。その前でも違和感があったらすぐきていいから、と若い男の医者は言った。いままでかかった医者のなかで一番若いかもしれなかった、それとも極端な童顔なのだろうか。背は低くなかった。

保険証は持っていたし、請求された費用は手持ちで払える額だった。みか子は病院をでた。玄関をでた瞬間べつの世界に迷いこんだ気がした。足元がふわふわして雲の上を歩いているようだった。振りかえったとき、自分が運ばれた病院の名前がわかった。会社から遠くないところにある病院で、評判があまりよくないところだった。スマートフォンを確認したが誰からも連絡はきていなかった。自分がこんなふうな状態であることは誰も知らないのだった。たぶん自分が死んだときもこういう感じなのだろう。風が強くなってきていたし、空は一面雲に覆われていた。台風が近くまできているのだ。台風のことは憶えていて、憶えていたことで多少安心した。駅に向かっているうちに足取りはたしかになっていった。

きのうからずっと同じ服だった。けれどこれは会社にいくときの服ではない。なぜだろう？　転んだのはきのうの会社の帰りではなかったのか？　とにかくシャワーが浴びたかった。シャワーを浴びて病院の空気を体から洗い流したかった。

最寄り駅の改札を抜けてエスカレーターを降り、駅前のロータリーにでると、見慣れている町なのに妙なふうに見えた。

どこがどうちがうかはっきり言えなかったけれど、光の見え方がちがう、色合いがすこしちがう、でなければいつもよりすべてがちょっとだけ大きい、ちょっとだけ小さい、そんなふうにちがっていた。風のせいなのだろうか。けれど風が風景の印象自体に影響をあたえるとも思えない。

空からはいまにも雨が落ちてきそうだったし、それに風の音が空のどこかから聞こえた。違和感は台風のせいなのか、気圧の変化のせいでそう思うのか、そうかもしれなかった。

　アパートの自分の部屋もまたよそよそしかった。そのことにみか子は軽い恐怖を覚えた。町だけでなくアパートもどこかすこしちがって見えるとしたら自分のほうがおかしいのだ。病院に引きかえすべきかもしれない。みか子は部屋のどこによそよそしさを感じたのか、理由を特定できないか、見まわした。片づいているとは言いにくい。いや、散らかっている。かなり散らかっている。いつものように。洗濯しようと思っている服は投げだされ、ＤＭや葉書や本やポテトチップやチョコレートの食べかけが散らばり、床はしばらく掃除していないので隅に綿埃が見える。けれどそれはいつものことだ。いつもの光景。奥の部屋のカーテンが半分開いていた。そのせいだろうか。みか子は部屋が暗いほうが好きだったのでカーテンはいつも閉めていた。カーテンを閉める。本棚に窮屈に押しこめられた数匹の縫いぐるみがみか子を見ていた。妙な感覚があった、いまにもそれらが喋りだしそうな気がした。けれどももちろんそんなことは起こらなかった。頭痛がないか、眩暈がしないか、手足の痺れがないか、言葉がうまくでてこなかったりしないか、みか子は自分を診断した。みんな若い医師に言われたことだった。そういう徴候はなかった。不意にみか子はスコットランドの歌手のことを思いだした。その人は階段から落ちて頭を打って、そのまま日常生活を送っていたけれど、一週間後に意識を失って病院に運ばれ、そのまま死んでしまった。脳に出血があったのだ。ＣＴで出血は認められないと言われた。けれど見落としや見間違いはないのだろうか。まだ経験のない若い先生だった。

横になろうとみか子は思った。週末は安静にしていよう、台風もくるのだしと思って、ベッドに向かい、着替えて横になった。軽いエッセイ集を手にとって、うとうとしかけた。

そして思いだした。

自分はたしかに転んだ。そして転んだのは逃げようとしたからだ。誰から。男から。手を振りはらって。なぜか。校正刷りだ。すっと血の気がひいた。眩暈がした。打撲とは関係のない眩暈。自分は校正刷りを失くし、そして男がそれを持っていて、返してもらうはずだった。ベッドから飛びおきてバッグのなかを探した。病院でも電車でもバッグのなかは見たので、結果はわかっていたけれど、やはりなかった。あの男から取りもどさなければならないのだった。

けれどこの状態で出歩いてだいじょうぶなのだろうか。そんなことをしていたらスコットランドの歌手みたいに突然意識不明になって死んでしまうのではないだろうか。

店に電話してこんどは責任者に話をして、明日か明後日まで保管してもらうのはどうだろう、電話ですませていまは安静にしたほうがいいのではないだろうか。

　けれど、とみか子は考えた。

　今日は思ってもみないことが起こった。明日思ってもみないことが起こらないと誰が保証できるだろう。

　取りにいくべきだった。土曜の午後一時。店に人はもうきているだろうか。みか子は電話した。

　電話にでたのはちがう人のようで、もっと年上の感じがした。確認してくれた。封筒はあった。今日は台風で早めに閉めるかもしれないということだった。みか子は支度してアパートをでたが、雨が降りだしていたので傘を取りに一度戻った。台風が近づいている。早く取りもどして早く帰るのだ。ようやく校正刷りが戻ってくる。

　風は思ったより強かった。商店街の店の半分はシャッターをおろしていた。人通りは少ない。とても大きな台風がくるのだ。道路にぶつかる雨は跳ねかえり、躍っている。

　向こうの駅についたのは三時すこし前だった。店に向かった。雨が本格的になってきていてスカートの裾がずぶぬれになった。

店についてドアを開け、会計カウンターに人の姿がないので前を通りすぎ、奥のキッチンに向かってすみませんと声をかけた。ふたりほどなかで働いていた。キッチンからではなく反対側から人が現れて、それはきのうの男だった。体が強ばった。けれど強ばったのは向こうも同じだった。そしてさらに怯えてもいた。

男は目をあわさず、会計カウンターの内側にまわりこみ、しゃがんでなにか取りだした。

茶封筒だった。

みか子はその日何度目かの眩暈を覚えた。校正刷りが入っていたのは社名の入った白い封筒だった。

無言で男はA4の茶封筒を差しだした。みか子はそろそろと手をだし、受けとった。そして一応中身を改めた。なかに入っていたのは校正刷りではなく、決裁書らしい書類と製品のパンフレットだった。みか子はそれを封筒に戻し、これじゃないです、ほかにありませんでしたか、と尋ねた。

そこで男は一瞬だけ視線をあわせて、きのうの忘れ物はそれだけだと言った。みか子は珍しく食いさがった。

すみません、大事なものなのでもう一度確認していただけますか。

男はみか子がすわった席を尋ね、そこを探し、それから思いついたらしくトイレを探し、また奥に戻って忘れ物がほかになかったかと誰かに尋ねた。

戻ってきた男はやっぱりないですといった。視線はやはりあわさなかった。もしできたら保管しておいていただけますか、また電話します、と言ってみか子は背を向け、店をでた。男の視線が背中に注がれているのがわかった。

雨はさらに激しくなっていた。みか子は傘を差し、駅に向かって歩きだした。振りだしに戻った。封筒はまた消えてしまった。道のあちこちに視線を走らせながら歩いた。封筒を落としたとして、この雨でそれはどんな状態になるのだろう？

電車のなかで思いだした。送別会の帰りの電車のなかで電話を取りだすときクリアファイルの角で手にみみずばれを作った。よくやることだった。右の手の甲を見るとたしかにみみずばれはあった。そしてそのとき、クリアファイルは封筒の厚みで膨れていた。では帰りの電車のなかではまだあったのだ。だとしたら最寄り駅からアパートに帰るまでのあいだに失くしたことになる。この発見は大きな進歩ではないだろうか。

最寄り駅から家まで地面を見ながら歩こうとしたが、雨と風がそれを許さなかった。そのふたつの勢いはいまはとんでもないものになっていた。

ずぶぬれになってしまったので家に戻ってすぐシャワーを浴びた。熱い湯は心地よかったけれど疲労感と不安が気持ちにべったりと張りついていた。体を拭いて部屋着に着替え、ベッドに横になり、SNSで台風の情報を調べると、台風がこの区域を通過するのは日曜の明け方で、五時前後らしかった。西のほうでは大きな川の堤防が決壊しかかっていて東のこちらの川も氾濫のおそれがあった。

校正刷りは取りもどせなかった。自分はいったいどうなってしまうのだろう、原田くんはどうなってしまうのだろう、自分は会社をやめないといけないのだろうかと、そんなことを考えているうちに眠ってしまったらしく、目を覚ますと十一時過ぎだった。目を覚ましてすぐまた校正刷りのことを考えた。失くした場所は絞られていた。最寄り駅とアパートのあいだ。校正刷りは普通の人にはなんの価値もない。拾ったとしたら届けるはずだった。駅だったら駅員に、外だったらたぶん警察に。駅前には交番がある。たぶんあそこに。そして誰も届けなかったとしたら、まだどこかに落ちているはずだ。どうしようもなく濡れてしまっただろうが、それでも読めないことはないだろう。諦めるのはまだ早かった。

みか子は起きてネットで番号を調べ、最寄り駅に電話した。でなかった。電車が止まっているせいだろうか。つぎに駅前の交番の番号を調べ、電話した。こちらもでなかった。駅前の交番にはたぶん休みはないだろう。だとしたら忙しくてでる暇がないのかもしれなかった。色々考えているうちに交番に届いている可能性が高いような気がしてきた。雨も風も強いがピークはまだすこし先だ、交番に訊きにいくのはどうだろう、商店街のアーケード沿いにいけばそこまで濡れないし、危なくもないだろう。

実際に外にでてみるとその考えが甘いことがすぐにわかった。中空をたくさんの物が行き来していた。葉っぱ、紙切れ、ビニール、プラスティック、木の枝、傘、看板。いつなにが自分目がけて飛んでくるかわからなかった。それどころか風に引きずり倒されるのではないかという瞬間さえあった。

人影のない町を踏破して辿りついた交番は明るく、ふたりの警官がいた。想像したとおり警官たちは忙しそうで、どういう用件なのか先客がふたりもいたし、電話は鳴りっぱなしで、無線でもなにかやりとりをしていた。みか子は話を聞いてもらうまでに四十分ほど待たされた。落とし物をしたんですけど、書類の、と言うと、三十代後半と思われる警官はすこし怪訝そうな顔をした。大型台風の夜にやってきた者の話としては肩すかしだったのかもしれなかった。調べてもらった結果、書類の落とし物はなかった。届け出の手続きをすべてすませ、交番をでたのは零時をだいぶまわったころだった。駅前には人影も車もまったく見えなかった。雨と風が通りを支配し、祝祭を繰りひろげていた。

狭いほうが風の影響を受けにくいと思い、商店街を外れ、路地に入った。植木が倒れていて、土が零れている。左に折れる道があった。奥に光が見えた。みか子は立ちどまった。なんの光だろう。吸い寄せられるようにみか子は路地の奥へ向かった。この町に引っ越してからまだ二年くらいしか経っていない。自分の知らないものはこの町にまだたくさんあるはずだった。

路地の奥の、光る窓の前に立った。レストランだった。みか子は驚いた。こんなところにレストランがある、しかもこんな台風の夜なのに開いている。なかのようすをうかがうと客の姿も見える。自分が空腹であることに気がつき、みか子は店のドアを押した。

いらっしゃいませと男の声が響き、見あげると鬚の人が立っていた。鬚の人を見たことがないわけではないが、なんだか珍しい気がした。真っ黒い顎鬚、たぶん色か形のせいでそういうふうに思うのだった。みか子は口髭も頬髯もおよそ髪以外の毛を生やした人はなんとなく苦手で、会話もぎこちなくなるくらいだったけれど、この人には苦手な気持ちが起きなかった。鬚があまりに目立つので現実感がなかったせいかもしれなかった。

店のなかは広く、あんな狭い道なのになぜなかがこんなに広いのだろう、騙し絵のなかにでも紛れこんだのかと、不思議に思った。テーブルの数は二十以上もあるだろう。木目の見えるテーブルでクロスはかかってなかった。床も板だった。風と雨の音はなぜかあまり聞こえなかった。

案内されたテーブルは一番奥の四人席だった。壁に海の絵がかかっている。小さな入江の絵。

なんの料理の店か確認しなかった。そういえば看板はなかったような気がした。高かったらどうしようと思ったけれど、メニューを見るとそんなことはなかった。

壁の時計は一時十一分を指していた。掛け値なしの深夜だった。こんな遅い時間に外で食べるのは生まれてはじめてかもしれず、普段の自分の生活からはあまりにかけはなれていた。

目の前にことりと小さなグラスが置かれた。

嵐の日のサーヴィスです、シェリーです、と鬚の人は言った。

まず思ったのは、お酒を飲まない人にはこのサーヴィスは意味がないんじゃないかということだった。けれどもたぶん人を見て判断しているのだろう。すこしは飲むと判断されたのだ。校正刷りの失敗はおそらくアルコールのせいだったのでみか子は断ろうと思ったが、せっかくの好意なのだからと考えなおし、すこし口に含んでみた。シェリーを飲むのははじめてだったが、飲みやすく穏やかな味だった。アルコールの度数は高くないようだ、ワインに似ていると思った。いやそもそもシェリーはワインの一種だったか？　みか子は検索してたしかめようと思ったが、やめにした。思いがけないものが振るまわれ、それがおいしかったというだけでいまはいいような気がした。

風と雨の音はやはりあまり聞こえず、絵のなかの波はゆっくりと動いているように見えた。手招くような入江の波。

ムール貝は紛い物ではなくほんとうのムール貝で、オリーヴオイルの風味には懐かしさと異国のかすかな翳があった。はじめて本格的な外国の料理を食べたときの記憶。中学生の頃だったか。どこかのホテル、白いテーブルクロス、帽子をかぶったウエイトレス、黒い服のウエイター、銀のカトラリーが触れあう冴えた音、それらが甦った。叔母の結婚式、自分は眼鏡をかけて紺色のワンピースを着ていて、針金のように痩せている。

客は三組いて、恋人たちと夫婦とひとりの男性客だった。会計はテーブルで払う方式だった。支払うときどうして台風なのに開いているのか訊いてみた。

こういうふうにお客さまがいらっしゃるからですよ。お客さまはいつでもいらっしゃいます。だから店を開けておくことが必要なんです。

鬚の人はやはり穏やかな声で見送ってくれた。

レストランをでると、さらに勢いを増した雨と風が吹きつけた。空のずっと奥で風がこわいくらい大きな声で歌っていた。

みか子の住むアパートはほんとうに古い建物で、裏庭がありそこには老木が立っていた。何の木かわからないそれが無事かみか子はたしかめた。葉がだいぶ落ちていたけれど枝が折れたりはしていないようだった。着替えてベッドに横になった。頭を打ったことや封筒のことはとりあえず考えないようにした。何度も繰りかえして読んだ本を読んでいるうちに眠りに落ちた。

3　カフェ

風と雨の音で目が覚めた。

起きて窓までいき、外を見る。となりのマンションの外壁になにかがぶつかる音がして思わず首をすくめた。窓ガラスだったら間違いなく割れただろうという勢いだった。西側の川の氾濫は広がり東の川はなんとか耐えていた。

封筒が見つかることはないだろうとみか子は思った。このまま会社をやめてしまおうか。やめたい気持ちもあったのだ。そうだ、そうしよう、月曜の朝、校正刷りを失くしたことを言って、責任をとってやめます、と伝えるのだ。だいたい原田くんはわたしに校正刷りを渡すべきではなかったのだ。ベッドに戻ったみか子に眠りはすぐに訪れた。夢に鬚の人がでてきたようでもあったし、海がでてきたようでもあった。

起きると十二時を過ぎていた。外は明るく、風はまだ強かったけれど、雨は小振りになっていた。日曜日、明日はもう仕事だった。もし今日、駅か警察に届け出がなかったら封筒はもうでてこないだろう。みか子は駅前の交番と駅にいってみることにした。

家から駅までの道を白い封筒が落ちていないか目を配りながら歩いた。さまざまなものが落ちていたけれど封筒はなかった。人影はほとんどなかった。電車がまだ止まっているせいだろう。

驚いたことに駅には入れなかった。シャッターが閉じていた。

昨日、おそい時間に食べたにもかかわらず、お腹が空いていた。家から駅までのあいだにある飲食店はぜんぶ閉まっていたので反対側にいってみることにした。

町は明るかった。雲が相変わらず空を覆っていたが、雲の色は明るく、その奥にある太陽の存在をうかがわせた。明るい光と人のいない町。見たことのない光景だった。反対側の飲食店も開いているところはなく、コンビニが営業していたので入ってみたけれど、主食になるものがなにもなかった。パンや弁当の棚が空っぽで、それもはじめて見る光景だった。

駅からつづく道をまっすぐ進み、学校を過ぎ、新しくできた薬局の角で左に折れた。その道にもいくつか飲食店があったはずだった。どこも閉まっていた。引きかえそう、お米はあったし、卵もあるから、それでなんとかしようと思ったとき、右手の道から自転車に乗った人が現れてぶつかりそうになった。自転車はそのまま走り去ったけれど、人がいない町で人に会ったのが珍しいのか、自転車の人は振りかえってみか子の顔をたしかめた。自転車がでてきた道を覗きこむと、看板が目に入った。飲食店らしかった。みか子は横道に足を踏みいれた。

カフェだった。正面が大きく開放され、なかのカウンターと大きな銀色のコーヒーマシンが見える。白い立て看板に英語ではないどこかの言葉で店の名前が黒く記されている。食べるものはサンドイッチくらいのようだったけれど、それで十分だった。みか子は幸運に感謝しながら店の敷居をまたいだ。

左がカウンターで、真ん中にステンレス製のコーヒーマシンがあり、右にはフォーマイカ製のふたり用テーブルがふたつ、ふたり用と四人用のテーブルが奥にひとつずつあり、どちらも明るい色のフォーマイカ製だった。奥のふたり用のテーブルは椅子ではなくソファーになっていた。四人用のテーブルを一組の男女が占めている。

注文はカウンターでするらしく、そこに手書きのメニューがあった。品数は少なかった。みか子は飲んだことのないものを注文しようと思った。しばらく迷い、結局カプチーノとズッキーニとトマトのライ麦サンドイッチを頼んだ。注文を聞いてくれた子はびっくりするくらいきれいな子だった。みか子はこの町で一番きれいな子ではないかと思った。動きには無駄がなく髪型も服も表情もなにもかもが数式のようにきちんとしていた。キッチンの奥には調理担当らしい若者がいた。音楽がかすかに流れ、壁の時計は二時二分を指している。

みか子はソファーにすわって外を見た。

外は絵のようだった。澄んだ光に満たされていた。台風のあとだからか、台風が空気のなかの不純なものをすべて流しさったのか。外の明るく冴えた光に向かって何語で歌われているのかわからない音楽が中空に架かる川のように流れていった。自分のすわる青いソファーは暗がりのなかにあった。自分が対照的ななにかの片方になった気がした。昼と夜、過去と未来、記憶と予感、森の外と内、それらのどちらか。

カプチーノの味は乾いていて柔らかく、焼いたズッキーニとライ麦のパンの味は豊かだったし、同時に簡素だった。とてもきれいな子の服は制服なのだろうか、不思議な形の襟の、白と紺の幾何学的な服、数式のようだと思ったのはその服のせいかもしれなかった。

サンドイッチには鉄道会社で使うような四角いお手拭きがついていて、薄い緑色のその四角い封袋には灯台の絵が描かれていた。簡単なタッチの灯台はちゃんと光を放っていた。

三十分ほどそこにすわり、待っていた列車がきた人のようにみか子は席を立った。舗道も車道も木の葉だらけだった。遠くの高架線を電車が通った。鉄道が息を吹きかえしたのだ。海鳴りのような電車の音。

人が増えはじめている。みか子は駅にいき、書類の忘れ物が届いていないか尋ねた。白い封筒、A4、なかは校正刷り。ずいぶん待ったあと、前日にそういう忘れ物はなかったと言われた。もしでてきたら連絡しますと。

交番にも寄った。届け出はなかった。重要そうな書類を拾ったらぜったい届けるだろうと思ったけれど、それは自分の常識で、他人にかんしてぜったいというものはないのだった。

　忘れ物を担当する駅員は、ずっと忘れ物のことを仕事にしているのだろうか、通常の業務はやらないのだろうか、夜の交番は明るいけれど昼の交番はなぜあんなに暗いのだろう、といったことを考えながらみか子は家に戻った。あまり重い気持ちにならなかったのは、捨て鉢になっているせいかもしれなかった。

4　映画館の早朝

　まだ夕方だったけれど眠くてたまらなかった。寝ていけない理由はなかったので寝ようと思ったけれど、執拗な眠気は頭の打撲のせいで、眠ると二度と目を覚まさない気がしてそうなるのはやはりいやだった。みか子は言語障害や手足の痺れがないか確認した。『ふくろう模様の皿』を木棚から取りだして音読し、つっかえたりしないか試してみた。だいじょうぶそうだった。頭の腫れはかなりひいていた。みか子は多少安心してベッドに潜りこんだ。

　目を覚ますと真っ暗で、長い時間眠ってしまったのだった。憶えていないけれど重苦しい夢を見ていたらしくその気分だけが残っていた。十一時。明日自分は仕事にいくのだろうかとみか子は暗闇のなかで考えた。こんな状態で。頭の打撲、校正刷りの紛失。どちらも自分の手にあまることだった。けれどやめることはたぶん正しくなかった。なんに照らして正しくないのかわからなかったけれども。不安は大きくて押しつぶされそうで、けれどこれからの人生はつねに不安はわきにいてけっしていなくならないのだと思った。まだ眠かった。起きて部屋の電気をつけようと思っているうちにみか子はふたたび眠りの門を潜っていた。

目を開けた瞬間、確実に出勤の時間を過ぎていると思った。けれども時計を見ると四時すこし過ぎだった。たっぷり寝たせいかこれ以上ないくらい頭がすっきりしていた。怪我をしたわけだから、休む理由はあった。どうしたらいいのだろう。出勤したら原田くんのところへまずいかなければならない。そして報告しなければならない。そしてどうしてそんな考えが湧いてきたのか、もしかしたら目覚める前の夢が関係しているのか、ひとつ前の目覚めのとき同様、夢をみたとしても内容はまったく記憶になかったが、いずれにしてもみか子は外出着（よそいき）を着たいと思った。

一番いい服を着たい、そして外を歩きたい。気が狂ったのではないかと思いながら、みか子はクローゼットを掻きまわし、一番気にいっている服を取りだした。それは薄く軽いワンピースでまだ三回しか着たことがなかった。大事なときに。ガラス越しに見て夢のような服だと思い、自分には高価だったけれど無理をして買った。どこかにつれていってくれる服、優雅で軽く、けれども護ってくれる服、線と、色と、形と、手触りでそれは護ってくれる。

外出着（よそいき）を着て簡単に化粧し、小さめのバッグを持って家をでたときには空は白みはじめていた。自分がばかなことをしているのはわかっていた。その姿で出勤することはできなくはなかったけれど、そうするつもりで家をでたわけではなかった。かといって家に戻って着替えてから会社にいくつもりでもなかった。自分はまったく意味のないことをしていた。

駅の南には橋がある。川と言っていいのか用水路と言っていいのか、そういうものがあり、そこにかかる橋だ。増水して流れの速いその水の上にかかる橋を渡った。

団地が見えた。団地があったのだ。この町には。

空はもうだいぶ明るくなり、赤みがさしている。

老夫婦が前を歩いていた。お年寄りは早起きだと、夏の庭のようなワンピースを着たみか子は思った。朝の散歩なのだろう。みか子と同じくらいの速さで歩いているのでふたりはずっと等距離で前にいた。そうしているうちに老夫婦が散歩ではなく目的があって歩いていることがなんとなくわかった。

老夫婦は団地に向かっていた。みか子もそちらに向かった。団地の敷地内に入り、最初の棟を過ぎ、つぎの棟の角で内側に折れた。二つ目と三つ目の棟のあいだに変わった造りの建物があって、ふたりはそこを目指して歩いていたのだった。みか子もあとを追った。

変わった建造物は映画館だった。この町には団地があり、映画館があったのだ。形は直方体で奥のほうが手前より高くなっていた。開口部は入口だけで窓はなかった。外壁は淡い青、色のせいか、水棲の生き物のように見えた。

この映画館は団地の住人のためのものなのだろう、そうみか子は思った。上映中の作品のポスターが見えた。

『夏の帽子と体操』

聞いたことのないタイトルだった。それにあまり面白そうではない。どこの映画なのだろう。ポスターはタイトル以外は外国語だった。入場料は一律三百八十一円で、とても安かったが、どういう理屈でそんな価格になるのか想像もつかなかった。この金額にはなにか意味があるのだろうか。みか子は首を捻った。まさかこんな早くから上映しているわけはないと思ったけれど、初回が四時半開場とあり、そのことにも驚かされた。朝の四時半からやっている映画館。

財布にちょうど一円あったのでみか子はぴったりの金額でチケットを買った。窓口は小さくて売っている人の顔は見えず、やはり小さい手がお金をさらって引っこみ、半分に千切れたチケットが差しだされ、ありがとうございますと細い声が言った。それで入場していいようだった。

正面に客席につづくドアがふたつあり、右は売店、左はコーヒースタンドになっていた。

みか子は一番前の席で映画を観るのが好きだったが、その好みが理解されることはけっしてなかった。首が痛くなるじゃないとよく言われた。見あげること仰ぎみることで映画の魅力が増すと思っていたが、そう言って反論することはなかった。客席はまだ明るく、二百人は入れるかという規模で、その広さは意外だった。しかも七割くらいの席が埋まっている。町に人の姿はほとんどなかったのに。家族づれやカップル、女性のふたりづれ、映画マニアらしいひとり客、とりたてて変わった客層ではない。けれどどこんな時間になぜこれだけの人が集まるのだろう。老夫婦の姿が四列目あたりに見えた。

五時五分。予告編の上映はなく、いきなり映画がはじまった。古い外国の映画のようで、登場人物の服装から見るとたぶん数十年前、白人とすこし東洋人が登場した。

けれども東洋人といっても実際は東洋人を装った白人たちだった。いったいいつ頃の映画なのだろうか。自分が生まれる前に作られた映画であることは間違いなかった。

奇妙だったのはとても古い映像のように見えるのに動きが遅いことだった。古い映像はコマ落としのように動きが速く落ち着きがなく見える。けれどもその映画のなかでは人はとてもゆっくりと歩き、ゆっくりと喋っていた。おもな登場人物はふたり、ひとりは画家、ひとりはモデルだった。ふたりは絵にふさわしい背景を探していた。そして最終的に湖の前で描くことにする。モデルは草叢にすわる。会話を交わしながら作業は進む。モデルのほうは人に紹介されてやってきたので、ふたりは初対面だった。けれど、ふたりの会話は奇妙な方向に向かう。女は画家の幼年時代を知っているような口振りで話しはじめる。そして誰にも話していない画家のある失敗について話す。画家は手を止めて女の言葉に耳を傾ける。どういうことだと思いながらも画家は絵を完成させる。いい出来だった。そのことをモデルに伝える。モデルは微笑む。湖の中央で不意に水音がする。画家はそちらを見る。視線を戻したとき自分が絵に描いた女の姿はない。絵を見るとそこにも女の姿はない。それどころかキャンバスはまったくの空白だった。

上映時間は三十分もなかった。もしかしたら二十分くらい。

場内が明るくなり、黒いスーツの小柄な人がスクリーンの前に歩みでた。早起きの人のための映画館の企画に参加してくださってありがとうございます。その人はそう言った。初上映の挨拶ということらしかった。その人が区の人なのかこの団地の関係者なのかわからなかったけれど、とにかく主催か企画した側の人なのだ。

みか子はなるほどと思った。早起きの人のための映画館、そういうことだったのだ。半端な入館料にもなにか意味があるのだろう。たいていのことには意味があるのだから。帰っていく人がいて、やってくる人たちがいた。コーヒースタンドでなにか飲むべきだとみか子は強く思った。だから奥からふたつめの椅子にすわり本日のコーヒーを注文した。

男の店員は眠そうで髪には寝癖があった。けれどにっこりしてコーヒーを淹れてくれた。機械で淹れるのではなく、手で落とすドリップ式のコーヒーだった。コーヒーの粉が白い擂り鉢状の紙のなかに盛られ、白い琺瑯のケトルから細いお湯が注がれた。母親と小さい娘が隣にすわり、母親がソフトクリームをふたつ注文した。母親はしきりに娘に話しかけるが娘はおとなしくうなずくだけだった。あまりにもおとなしいのでもしかしたら話せないのかとみか子は思った。子供はうるさいものだ。手を離せば握っていた石は下に落ちる。おとなしい子供は手を開いても下に落ちない石のようなものだ。みか子は自分もむかしそう言われたことを思いだした。映画館をでていく人たちのなかに子供のころの知りあいが何人もいるような気がした。みな大人になってそしてコーヒースタンドにすわっているみか子に手を上げたり、目で挨拶したり、口笛を吹いたりして、映画館をでていく。

おとなしい子供は母親につれられて帰っていくとき一度振りかえった。

ゆっくりとコーヒーを飲み、持ってきた本を小さなバッグからだし、読みはじめた。そして自分がいまやっていることは決定的な失敗がこの世界で実現するのを止めるか遅らせるためのものではないかと疑った。

5　動物

六時過ぎにみか子は映画館をでた。

凪は熄（や）んでいた。すべての王である凪。

人影はまだあまりない。みか子は踏切を渡り、家に向かった。着替えて会社にいくつもりだった。警察署の前を通り、スーパーの角を曲がり、駐車場で左に折れると、毎日通る道にでた。そしてそのとき気配が押しよせた。大空がひとつの目となって白分を凝視め、気圏が呼吸を止め、街路樹の枝先がすべて自分を指し、家獣が唸り、死者たちが髪や目や口や首筋を撫でワンピースを撫でた。

すべてが言っていた。そこを見ろと。一点を見ろ。

一頭の動物がいた。

なんという動物なのか。犬ほど親しみはなく、貂にしては優雅で、鼬にしては大きかった。それは複数が入りまじったものだった。知っているなにかと知らないなにかが。

その動物は白いものの前に前肢を揃えてすわっていた。白く平たい、すこしの厚みを具えたもの。

そしてゆっくりとその匂いを嗅いだ。それから顔を上げ、一瞬こちらを見て、身を翻し、消えた。

周囲が動きだし、音が湧いた。

みか子は白く四角いものに近づき、拾いあげた。

思いだした。

駅から家に帰るまでのあいだ、たしかにバッグを開けた。

石川さんは同じ駅だった。石川さんは花束をくれた。大きな花束、持っていってもしょうがないんだ、迷惑じゃなかったらもらってくれない？　そしてじゃあと言って歩きだした。

思いだした。わたしは石川さんに本を渡そうと思って用意していた。そのことを忘れていたので走って追いかけた。本を出そうとして手間取った。邪魔なクリアファイルを取りだした。そして脇にはさみ、本を引っぱりだし、渡した。好きかどうかわかりません。わたしが好きなものです。石川さんは喜んだ。

そうしてわかれて、家に向かった。酔っていたわたしは右手に大きな花束を持ち、左の脇にクリアファイルをはさんだまましばらく歩いた。家は近かった。クリアファイルは袋とはちがう。四分の二は開口部だ。逆さまにするとなかのものは落ちる。クリアファイルをバッグに戻す前に校正刷りの封筒はたぶんどこかで落ちた。わたしは酔っぱらっていたし、急に走ってさらに酔いがまわっていた。

酔っぱらった人はなにも気づかない。

そして誰かが拾った。落ちた場所にそのままあったとしたら、そのあと通ったときに気がついただろう。濡れていない、汚れていないのはなぜだろう。それはわからなかった。けれどちゃんと理由があるはずだった。自分にはわからない理由が。

町が起きだしていて、仕事にいく人たちの顔は生真面目そのものだった。

6　校正係の帰還

ベッドにすわり、暁島みか子は校正刷りをすこし読んだ。一番好きな服を着たまま。水に水滴が落ちれば波紋ができる。水滴に波紋を作ろうとする意思はあったのだろうか。

それくらいしか読む時間がなかった。

雨も風も服も目の前に現れてはまたどこかに消えていく。打撲にかんしては何度か医者にいかなくてはならないだろう。校正係の帰還だと天井の隅でなにかが言った。校正係の帰還だと宙を舞う木の葉が言った。なんという良き日だと水たまりに映った青空の小片(かけら)が言った。通りすぎる人の半袖の襟と庭先の水色のホースが声をあわせて叫んだ。祝福を、ファンファーレを、昂然たるファンファーレをと。

これから一日がはじまる。どんな一日になるのだろうか。みか子は考える。

東京の鈴木

南で育った自分の眼にこのドイツ最北の州都であるキールは異国とまではいかないもののそれに近いように映る。厳密に言えば単純に北と南のふたつにわけるのはドイツが歩んできた道を思えばどう考えても素朴に過ぎるのであるが、人に許された複雑さには限界というものがあるし、このような短い滞在であればそのくらいの単純化を愉しむことも悪くはないのかもしれない。

聖ニコライ教会、旧植物園、新植物園、造船所。看板が違い、標識が違い、人気(じんき)が違う。人々の顔は慣れ親しんだものとはどこか異なり、どことなく異質なそこから偏向した語が現れ、わたしが何を食べたいか尋ね、どこから来たのかと尋ねる。しかし偏向という表現は適切ではないだろう。向こうから見るとわたしの言葉のほうが偏っているのだから。

自宅にいるときと同様、わたしは早朝の散歩を試みる。

埠頭沿いの道。大気の底を三十分ほど。散歩は思索を運んでくる。場所の移動というに留まらない意味を散歩は持っているのだ。そして目的を持たずに歩くとき、思索のほうも目的をどこかに預けてわたしを訪ねてくる。

ドイツはつねに大いなるもの、偉大なものを志向してきた。全体や総合といった語はわれわれにとってきわめて重要である。そしてしばしばその志向はドイツの長所であるように吹聴される。しかしそれは誤解というものだ。ドイツはドイツを騙してきた。偉大であるはずのドイツは、農民や職人や若者たちをつねに苦しめてきた。偉大さとは小さなものを苦しめることではないはずだ。

そもそも偉大なことやものを志向するのは、そうではないことの証左である。神性をそなえたものがほんとうに存在するとして、それは自らの偉大さを吹聴するものだろうか。真に偉大なものに証明は必要ではない。ただ在るだけだ。しかし、そうしたやや感情的な言辞を弄する前に、わたしは自問するべきだろう。いったいドイツとは何を意味するのか、どこを、誰を意味するのか、と。

ドイツはオランダやベルギーやフランス、スイス、オーストリア、チェコ、ポーランド、デンマークと国境を接している。何度も首都が替わり、かつてドイツの首都だった街がほかの国の街になっていたりもする。またドイツはユダヤの人々に多くを負っている。ドイツ的であるということはいかなる意味を持つのか。いったい何が、誰がドイツ的なのか。

二〇一三年の三月から七月の四箇月にかけてアジアのもっとも東の国日本で起こったことは、政治あるいは政治犯罪に興味がある者だったら注目せざるを得ない出来事だった。文化と言語と距離の壁のために異邦の人間には全体を正確に把握することは適わないかもしれないが、人の理解を超えることというのは、まさにその一事によって、記憶に残ることもおうおうにしてある。そして世界中を覆う電子情報の網は、事件の不分明さにおそらく拍車をかけたに違いない。

実際に起こったのがどういうことだったのか、それは比較的はっきりしている。そのはっきりしたものつまり結果から帰納的な解釈を施して正確な事実に至ることは、いかにも知性によって可能であるように見えるが、たいていの場合その試みは失敗するし、それはこの件についても同断だろう。人はそれほど賢いものではないし、たとえ賢いとしても部分的な事物にかんしてだけだ。イギリスの高名な探偵も、地球の自転のことは知らなかった。

はじまりは警視庁という東京の警察組織の公式サイトに届いた奇妙なメールだった。メールに本文はなく、画像だけが付されていた。画像に記された文はこのようなものだった。

トウキヨウ　ニ　ウマレタノデ　カイゼン

トウキヨウ　ノ　スズキ

ここに書かれている文の意味は、おそらく「(自分は)東京に生まれたので(東京を)よくする　東京の鈴木」というものである。「おそらく」というのは日本語が具える曖昧さのせいであり、この文は詩同様、含意を完全にドイツ語にするのは無理だろう。

日本語は主語がほぼ必要ではない。スペイン語やイタリア語も部分的にそうだが、それは動詞の活用変化などが前提にあってのことで、日本語の場合はその助けもなく、ただ推測するしかない。多くのドイツ人にとっては想像もつかないかもしれないが、世界には主語がない言語というものがあるのだ。そしておそらく言語のその特徴は日本人という民族の特質にも関係しているだろう。

またこの画像のなかの字は「漢字」ではない、カタカナという文字である。日本語は書記に関して三種類の文字をもつ複雑な言語なのだ。

送信アドレスはtokyo_no_suzukiとあって、無料で手に入るアドレスだった。

ここで説明しておかなければならないが、「鈴木」というのは東京で一番多い名字である。ドイツで言えば、ミュラーになる。つまり「東京の鈴木」とは「ベルリンのミュラー」なのだ。そう置き換えてみると、起こったことの異常さと一件の呼称の対比に皮肉あるいはフモールを感じる者もいるかもしれない。

文面が具体的に何を意味するかは日本人にもわからなかった。

警視庁にはサイバー犯罪を扱う課があり、課員のひとりは文面の曖昧さに一瞬興味を惹かれたが、毎日無数に湧いてくる脅迫メールや、電子情報の世界に跋扈する暴力的なメッセージに比べた結果、特別な検討に値するとは思えないと判断した。

そして三日後に第二のメールが届く。

第一のメールに目を通したのは女性課員で、二度目も同じ人物だったが、その課員は第二のメールを見て、厭な印象を受けた。そしてどうして自分がそう感じたか、理由を説明できなかった。

第二のメールも画像のみで、前のものより短かった。画像内の記述はこういうものだった。

ヨゴシタ　オトコ　ヨゴレル
トウキヨウ　ノ　スズキ

この文の意味は、「(何かを)汚した男が汚れる」という意味である。「何か」というのはわからない。これもまた詩のような文だった。

そしてメールが届いた日の翌日、奇妙な事件が起こる。

政治権力を利用し、条例を個人的利益のために改変し、巨額の富を築いたひとりの政商が、大量の泥を浴びたのである。

童顔のその政商は公然と富者の権利を喧伝し、貧者には貧者の幸福を追い求める権利があると述べるなどし、日本の人多数を占める貧しい人々を歯噛みさせた。

政商は自分の会社の一階のロビーを歩いていた。巨大なビルで、自分の会社の持ち物だった。ロビーは三階まで吹きぬけで明るい暗渠のようにがらんとしていた。

政商はその日の打ち合わせの相手であるふたりと談笑しながら歩いていた。会食に向かうところだった。

そのとき、宙から大量の泥が降った。

三人は外に出たのではない。ロビーのちょうどなかほどを歩いていた。その三人の頭上に大量の泥が不意に現れ、三人の上に降った。

粘着性のある泥は三人の頭部を手をスーツの表面を緩慢な滝のように流れ、それから鉄灰色の床の上に広がった。

泥には草や蚯蚓や水棲の昆虫が混じっていて、蚯蚓は生きている文字とでもいったふうに床で身をよじった。

ロビーの奥の受付のふたりはその光景をすわって眺めていた。ふたりはのちにその光景を心中で何度もゆっくりと再生することになる。

エレベーターから出た若い社員の眼に、立ちつくした三人は、濁ったゼリーに包まれたように見えた。

泥の量はひとりの人間が運べるようなものではなかった。

どこから降らせたのか、通報を受けてやってきた警察の者たちは頭を捻った。吹きぬけに面した二階か三階の通廊ではないかと推測されたが、それほど大量の泥を運ぶところ、運ぶ人間、容器などを見た者はいなかった。

政商の事件と警視庁に届いたメールを結びつける証拠はなかった。しかし、前記の課員は念のため、そのふたつが関係している可能性を上司に口頭で報告した。

「東京の鈴木」がインターネットで大きな話題になったのは第三のメールが届いたあ

とに起こった事件によってである。

第三のメールの画像にあった文は以下のようなものだった。

オドル　シユシヨウ　オドル　トモダチ
トウキヨウ　ノ　スズキ

文の意味は「踊っている首相、踊っている友人」というものである。文自体に曖昧さはなかったが、では何を言っているのかと問われると誰も答えられなかった。

メールが届いた日の二日後の夜、日本の首相はテレビの政治番組に出演するために公用車でスタジオに乗りつけた。

公用車のドアが開き、首相が現れ、ふたりのSPが両隣に立った。

かすかに空気が唸るような音がしたかと思うと、どこからともなく大量の白い小さな蛾の群が舞い降りてきて、首相とSPを包んだ。

三人はつかのま白く瞬くヴェールに包まれたように見えた。いずれも蛾を払いのけようと身を紆らせ、手が強風に翻弄される木の枝のように宙を掻き、その姿は無音の陽気な音楽にあわせて踊っているように見えた。

複数のカメラがその様子を撮影していて、映像はのちに流出し、インターネットの動画サイトで誰もが視聴できるようになった。無名の音楽家たちは踊る首相の動きにあわせて音楽を制作し、電子の世界は大いに賑わった。

蛾の種類を同定することは簡単にできた。屍骸がいくつも地面に残っていたのである。蛾はヒファントリア・クネアという種類だった。

その時点で、メールと一連の事件の関連は確実であると判断されることになった。同時にメールが外部に漏れた。

メールに添付された画像はまたたく間にインターネットに溢れ、「東京の鈴木」は日本中の関心事になった。

とにかく動機が話題になった。そういうことをする理由を誰にも推測できなかったのだ。文面を見るかぎりでは東京都の政治にたいして不満があるように思われた。あるいは政府にたいする不満が。

けれど、不満があるとしてもそのような事件を引きおこすにはありきたりの不満では足りないはずで、どうしたらそこまで不満を募らせることができるのか疑問だった。手間もあるし、捕まったら冗談ではすまなかった。

警察は捜査に本腰を入れた。メールの送信場所から手掛かりが得られるのではないかと期待された。ひとつずつ違ったＩＰアドレスと通信機器から送られてきたのだが。

そして第四のメールが届く。

イコウ　ミンナ　デ　イコウ
トウキヨウ　ノ　スズキ

それまでのメール、そしてそれに関連のあると思われる事件には、どこか牧歌性のようなものがあった。泥や昆虫が出てくるせいかもしれない。しかし四通目のメールが届いたあとに起こったことによって「東京の鈴木」の事件は歴史に残るものになった。

メールの画像に記された文の意味は「全員で行こう」という意味だった。「全員」が誰を意味するのか、どこへ行くというのかについてはまったく見当がつかなかった。

折しも、国会が召集されていた。武器の輸出をめぐって野党は単純に与党を追及し、与党は事案自体を複雑に曖昧化した。

メールが届いた数日後に、六十八名の議員が体調不良を訴え国会を欠席した。

みな高熱を発し、紅斑を皮膚の上に見た。

三週間ほど経ったころにはなかでも高齢の議員十一名が死亡していた。

インターネットで、ある可能性が指摘され、議場の調査が行われた。机の上から、絨毯の上から、何百匹もの微細な虫が発見された。

赤つつがむしだった。

議員たちの死因はつつがむし病だった。

つつがむしはアジアのほぼ全域に生息する壁蝨（だに）で、大きさは一ミリ以下なので、肉眼では判別しにくい。しかし人間に深刻な打撃を与えることができる。通常は山野に棲息していて都会にこれだけいることは考えられなかった。誰かが議場に持ちこんだのだった。

おそらくテロだった。虫を使ったテロ。前例のないテロ。

しかし目的あるいは主張はなんなのか。

東京の鈴木はいかなる政治思想の持ち主なのか。現政府の転覆を計っているのか。与党にたいする不満ゆえなのか。しかし野党の中心人物も斃れていた。

狙いはなんなのか。無政府主義的な思想の持ち主なのか。

虫のせいで十一人目の老政治家が病院で息を引き取ったつぎの週、よく晴れた月曜日にもうひとつの死が出来した。国家を陰で動かしているとも言われる人物、長い歴史を持つ一族の当主が、やや不可解な死を遂げたのである。

メールは届いていなかった。

東京の鈴木の関係が取り沙汰されたが、明らかになったことは何もなかった。

東京の鈴木にかんする憶測はインターネットに野火のように広がっていた。誰それが東京の鈴木であるという情報がいくつか警察にもたらされた。

人間の世界への自然の関与という奇妙な主張も現れた。人間の世界に自然の力が介入したのだと。蛾やつつがむしは自然の使いであると。

地球に意識があると主張する者もいるしドイツには地霊という概念がある。

その説はばかばかしいものに見えるが、文化人類学的に考えると納得できるところがある。

虫や動物が使われたことは何かを示唆していて、それは日本の文化人類学的な要素と結びついている、という主張が現れたことは予想の範囲だったとも言える。しかし日本にかんする知識をそこまで深く持たないわたしにはその妥当性は判断できない。

最後のメールは七月のある日の早朝に届いた。

第五のメール、最後のメールが届けた記述は以下のようなものである。

ケイセイ　ノ　ヒト　ホンジツ　シボウ
トウキョウ　ノ　スズキ

文は意外なものだった。最初の言葉「ケイセイ」には複数の意味があるが「ケイセイ　ノ　ヒト」というのは、民衆に警告をする者という意味だろう。よって第五のメールはこういう意味になる。

「民衆に警告する者は今日死んだ」

誰もが意表を衝かれ、そしてすこし失望した。今後何が起こるのか、みなは一様に恐怖まじりの期待感をいだいていたが、文面はそうした感情に水をさすものだったのだ。

第五のメールを遺書ととるべきか、それとも人心をさらに翻弄しようという試みと解釈すべきなのか、誰にも判断できなかった。

しかしその後、一月過ぎても二月過ぎても半年過ぎても、東京の鈴木からメールはこなかった。

第五のメールが届いたその日、自殺した人間は東京に三人いた。その誰かが「東京の鈴木」なのかもしれなかった。

ひとり目は中学生で、二人目は五十代の女だった。三人目は鈴木という名前の四十代の男だった。

誰もが鈴木という名前は偽名だと考えていたが、現実に鈴木という名の人物が出てくると、逆に本名をそのまま使うというのは、いかにも東京の鈴木らしいではないか、と多くの者は思った。

三人目の鈴木は土木作業員で、携帯端末も持っていない人物だった。泥、蛾、つつがむしを手に入れ、どう考えても単純ではない段取りを整えて実行できるような人物には見えなかったし、政治に興味を持っていたという証拠も皆無だった。自殺の原因は持病と多重債務だった。

しかし、犯人が誰であれ、泥や蛾やつつがむしの問題にかんしては、説明が可能であるとは思われなかった。それらをどうやって見つけ、どうやって運んだのか。ひとりでは難しいし、共犯者あるいは組織があってもそれは難しいことだった。

そして鈴木はほんとうに死んでしまったのか。死んだとしたらそれは目的を遂げたからなのか、飽きたのか。それとも偽装なのか、また復活するのか。

一年経っても東京の鈴木からメールはこなかった。そしてそのころには、みなあらたに生じた泡沫のような出来事に心を奪われ、事件を忘れかけていた。しかし、謎の好きな者たち、哲学の好きな人々にとっては、東京の鈴木はいまだに興味の対象でありつづけた。

結局テロだったのだと考える者は多かった。あれはひとりの人間が独力で日本を変えようとした試みだったのではないか。

個人名が使われたせいでもあったのだろう、東京の鈴木はひとりだという見方は根強かった。

テロや暗殺はつまりは英雄崇拝からきているのではないだろうか。

テロも暗殺も個人でできることだ。

英雄は独力で世界を変えることができる。それは神の力を具えた人間であり、巨人である。そして独力で世界を変えうる人間を斃すこともまた独力で世界を変えることになる。

リンカーンを暗殺した俳優ブース、ケネディーを暗殺した元軍人オズワルド、そのオズワルドを暗殺したユダヤ人ルビー。

我が国にもある。コッツェブーを暗殺した学生ザント、単独でヒットラーを暗殺しようとした大工のエルザー。

ほんとうにひとりの人間が世界を変えることはできるのだろうか。あるいはひとりの人間が死んで真の意味で世界が変わることはあるのだろうか。ナポレオンはたしかにヨーロッパを変えた。ではヨーロッパの人間はナポレオン以前と以後で違う人間になったのだろうか。

東京の鈴木をめぐる一切は曖昧模糊としている。しかしそれは夢ではない。何かはたしかに起こった。何かがここにやってきて、人間の歴史に少し触れた。おそらく人間の意思に関係のない何かが。

遠い東の国について考えるとき、わたしの思索はいつのまにか自分の国のことに移っている。

ドイツが真に幸福だった時代はない。けれどもわたしはビーダーマイヤーと呼ばれる時代にあるべき理想のドイツの影を見る。

ビーダーマイヤーは市民の時代、日常の時代だった。たしかにその時代の国民は、当時の種々の危機にたいして目をつぶり、見ないふりをした。それは子供の対応である。ビーダーマイヤーはドイツの子供時代、おそらく幼年時代だ。

われわれはその時代に比べて大人になったようにも見える。科学的にも文化的にも進化し、巨きく重い音楽や哲学を作りだした。しかしわたしの眼には以前としてドイツは子供時代にあるように映る。小児的で、弱く未熟であるように。

われわれにはは移民やネオナチの問題などは解決できない。子供のまま、泣きながら、解決不能の事態に対処しなければならない。その不可能性に茫然としながら。

遠い国日本で起こった不可思議な事件を見ているうちに、身裡に湧き起こった感慨は、つまりはそういうものであった。

そしてその後に起こったことは付記すべきだろう。

東京の鈴木の最後のメールが現れた日の十一箇月後に中国に「北京の王(ワン)」が現れ、その八日後、チリに「サンティアゴのロドリゲス」が現れる。

架神恭介／池上英洋
仁義なき聖書美術【旧約篇】

西洋美術の大テーマ、旧約聖書。大親分ヤハウェの大活躍と大虐殺、対する人類の苦悩と希望はどのように表現されてきたのか。やくざ風物語と作品鑑賞で読みとく。87405-4　四六判型（3月下旬刊）予価１６００円

架神恭介／池上英洋
仁義なき聖書美術【新約篇】

カリスマ親分イエスと十二人の舎弟をめぐる悲喜劇、そして神の王国。新約聖書の物語を西洋美術はどのように描いてきたのか。やくざ風物語と作品鑑賞で読みとく。87406-1　四六判（3月下旬刊）予価１６００円

クラウディア・ヴァーホーヴェン
宮内悠介 訳
最初のテロリスト カラコーゾフ
――ドストエフスキーに霊感を与えた男

1866年4月4日、ロシア皇帝アレクサンドル2世が銃撃された。犯人はドミートリー・カラコーゾフ。事件の真相を探りテロリズムの誕生と近代の特異性を描く。

85819-1　四六判（3月14日刊）3400円

6桁の数字はISBNコードです。頭に978-4-480をつけてご利用下さい。

西崎憲

未知の鳥類がやってくるまで

「行列」「開閉式」「東京の鈴木」などSF的・幻想的・審美的味わいの作品と、書下ろしの表題作をはじめ本をめぐる冒険の物語で編む全10作の短篇集。

80494-5　四六判（3月28日刊）予価１７００円

ウェンディ・ミッチェル　宇丹貴代実 訳

今日のわたしは、だれ？

――認知症とともに生きる

認知症になったら世界はどう見えるのか。記憶が消えるとはどんな体験なのか。病を得てなお自立して生きる女性が、当事者の立場から認知症のリアルを語る。

86090-3　四六判（3月21日刊）予価２２００円

市川紘司

天安門広場

―― 成立と近代

世界最大の広場は、1949年まで「無名の空間」だった。なぜここが中国史の主要な舞台となりえたのか。新進気鋭の建築史家が、中国都市史の巨大な空白に挑む。

85817-7　A5判（3月下旬刊）予価4200円

6桁の数字はISBNコードです。頭に978-4-480をつけてご利用下さい。

3月の新刊　●11日発売

ちくま学芸文庫

類似と思考　改訂版

鈴木宏昭

類似を用いた思考＝類推。それは認知活動のすべてを支える。類推を可能にする構造とはどのようなものか。心の働きの面白さへと誘う認知科学の成果。

09969-3
1200円

大名庭園 ■江戸の饗宴

白幡洋三郎

小石川後楽園、浜離宮等の名園では、多種多様な社交が繰り広げられていた。競って造られた庭園の姿に迫りヨーロッパの宮殿とも比較。（尼崎博正）

09968-6
1300円

戦後日本漢字史

阿辻哲次

GHQの漢字仮名廃止案、常用漢字制定に至る制度的変遷、ワープロの登場。漢字はどのような議論や試行錯誤を経て、今日の使用へと至ったか。

09972-3
1200円

はじめてのオペレーションズ・リサーチ

齊藤芳正

問題を最も効率よく解決するための科学的意思決定の手法。当初は軍事作戦計画として創案されたが、現在では経営科学等多くの分野で用いられている。

09975-4
1100円

6桁の数字はISBNコードです。頭に978-4-480をつけてご利用下さい。
内容紹介の末尾のカッコ内は解説者です。

3月の新刊 ●7日発売

ちくま新書

1287-3 人類5000年史Ⅲ ▼1001年〜1500年
出口治明（立命館アジア太平洋大学学長）

十字軍の遠征、宋とモンゴル帝国の繁栄など人や物の交流が盛んになるが、気候不順、ペスト流行にも見舞われる。ルネサンスも勃興し、人類は激動の時代を迎える。

07266-5 1000円

1462 世界哲学史3 ▼中世Ⅰ 超越と普遍に向けて
伊藤邦武（京都大学名誉教授）／山内志朗（慶應義塾大学教授）／中島隆博（東京大学教授）／納富信留（東京大学教授）［責任編集］

七世紀から一二世紀まで、ヨーロッパ、ビザンツ、イスラーム世界、中国やインド、そして日本の多様な形而上学の発展を、相互の豊かな関わりのなかで論じていく。

07293-1 880円

1480 古代史講義【宮都篇】
佐藤信 編（東京大学名誉教授）

飛鳥の宮から平城京・平安京などの都、太宰府、平泉まで古代の代表的宮都を紹介。最新の発掘・調査成果をもとに都市の実像を明らかにし、古代史像の刷新を図る。

07300-6 920円

1481 芸術人類学講義
鶴岡真弓 編（多摩美術大学教授）

人類は神とともに生きることを選んだ時、「創造する種」として歩み始めた。詩学、色彩、装飾、祝祭、美術の観点から芸術の根源を問い、新しい学問を眺望する。

07289-4 940円

1482 天皇と右翼・左翼 ▼日本近現代史の隠された対立構造
駄場裕司（著述家）

日本を動かしたのは幕末以来の天皇家と旧宮家の対立と裏社会の暗闘だった。従来の右翼・左翼観を打ち破り、日本の支配層における対立構造を天皇を軸に描き直す。

07304-4 1000円

1483 韓国 現地からの報告 ▼セウォル号事件から文在寅政権まで
伊東順子（ライター・翻訳者）

セウォル号事件、日韓関係の悪化、文在寅政権下の分断……2014〜2020年のはじめまで、何が起こり、人びとは何を考えていたのか？ 現地からの貴重なレポート。

07302-0 880円

1484 日本人のためのイスラエル入門
大隅洋（前在イスラエル日本大使館公使）

AI、スタートアップ、先端技術……。宗教と伝統が息づく中東の小国はいかにしてイノベーション大国となったのか？ 現役外交官がその秘密を語り尽くす！

07303-7 820円

6桁の数字はISBNコードです。頭に978-4-480をつけてご利用下さい。

ことわざ戦争

ふたつのその小さな国は隣りあっていた。東側の国には王が君臨し、西の国には共和制が敷かれていた。ふたつの国は遥か昔はひとつの国だった。だから同じ言葉を話した。そして両国のあいだで俗にことわざ戦争と呼ばれる争いがあったことは汎く知られている。

ことわざ戦争という名の通り、争いのきっかけはことわざだった。王制の国には昔から「河に降る雨」という俚諺があって、それは役立たずあるいは能無しという意味であるのだが、共和国の首相が私的な場で王をその語をもって形容したのである。悪口というものは足が速い。そのことは翌々日の午後には王の臣下たちの知るところとなっていた。もちろん臣下の怒るまいことか。

王国の文化を統べる臣下が三日後に共和国に赴き、首相に面会を求め、おもむろに遺憾の意を伝えた。

首相は失言を後悔していたが謝るのも業腹だったので、言い逃れることにした。つまり我が国では「河に降る雨」という俚諺は人を貶める言葉ではない、としらを切ったのである。

臣下の怒りは沸騰したが、冷静を装い、尋ねた。ではお国において、それはいかなる意味を有せるや、と。

首相ははつかに言葉に窮したが、ひとたび口を開くと弁舌さわやかに以下の言辞を弄した。

河に降る雨は幸運な運命に際会した者という意味である。なんとなれば雨も水であり、河も水である。同族に混じったわけであるから雨は幸せであろう。

小賢しいことをと臣下の腹立ちはいっそう深くなったが、おのが才知では首相に太刀打ちすることは難しいと看た。

御身の言葉を王にしかと伝えます、とだけ云い、臣下は王国に戻った。

臣下は言葉通り、隣国の首相の言を一字一句違えず、王の前で繰りかえした。

王は怒りを表さなかった。単純に怒るにはあまりにも賢明であったのだ。少時黙し、ややあって口を開いた。

隣国の首相はずいぶんと言葉を操る才に長けているようだ、考えてみれば隣国は詩において名高い国、そしてわが国もまたそれにいささかも劣るところはない詩の国である。どうだろう、隣国と我が国とで戯れに詩の戦(いくさ)をするのは。

王はさらに語を継いだ。

それぞれひとりずつ詩人を出して競わせるのだ、なかなか優雅ではないか。

王の提案は隣国の首相に伝えられた。その際、戯れに、という言葉も添えられていたが、むろんそれは表向きのことだった。首相は国の威信をかけた勝負を挑まれたことを理解し即座に受けてたつと決めた。

かくしてことわざからはじまった諍いは詩の戦と変じた。

王は詩人同士の一騎打ちを提案し、首相も肯んじたが、問題は勝ち負けをどうやって決めるかだった。誰が審判を務めるのか。

その問題も王が解決した、勝ち負けを時に委ねたのである。つまり一騎打ちを一冊の書物にして優劣を後世の者の判断に任せることにしたのだ。

内心負けることを恐れていた首相はほっと胸を撫でおろした。そして王はほんとうに戯れのつもりなのかもしれないと考えた。

一対一の戦の当日は稀にみるほどの快晴で国境をなす河に架かる橋の上で国を代表するふたりはまみえた。橋の王国側には巨きな人波が見えた。共和国側も同様だった。

共和国を代表する詩人は文学院の要職にある銀の髪の紳士だった。詩人は世界中のそして古今のあらゆる詩に通じていた。王国を代表する人物は小柄で赤ら顔の婦人だった、銀髪の詩人は婦人の身なりが粗末であることを看てとり、侮辱されたように思った。

怒りにまかせ、共和国の詩人は半神のごとき御稜威(みいつ)をもって虚空から十九の言葉をもぎとり、脚韻の装飾をほどこして婦人に投げつけた。

詩人の言葉の美しさに橋の両側に押し寄せた人々は驚嘆し、王国側は負けを覚悟した。勝ち負けは形としては後世に委ねられていたが、大勢の者が瞬時に分明になると考えていた。

戦はそれで終わったと共和国の詩人は考えた。赤ら顔で肉の厚い婦人はいま怯え、震えているではないか。

共和国の詩人の考えは間違っていた。婦人はゆっくりと顔をあげて、看るとその顔には笑みがあった。震えているのではなく笑っていたのだった。詩人はなぜ笑うのかと婦人に尋ねた。

存分に力を振るえるのが嬉しいのです。あなたさまの言葉にはわたしの言葉に耐える強さがあります。

その言葉を聞いて詩人は激怒した。なんという思いあがり。

荒い布のスカートを穿いた太り肉の婦人は口を開いてひとつの文を口にした。それは嵐が映る鏡であり口のように見える獣であり果実のなかの夜だった。婦人はさらに短い文を幾つかゆっくりと唇から解き放った。

その語を耳にして、山の端にかかる雲は形を変じ、老いた石は嗚咽をもらした。

王国の婦人は黄魚街の洗濯女ではないかと後に噂された。戦に臨んだふたりが語った言葉は王の約束通り一冊の書物となった。その書物はどこの図書館でも簡単に読むことができる。ふたりのどちらが優れた詩人だったのか、王の国と首相の国いずれが勝ったのか、判断するのは貴方である。

廃園の昼餐

意識というものがどうやっておれのところにきたのかはわからない。だがおれは気づいたときには全知だった。おれは自分がいる場所が子宮と呼ばれている箇所であることを知っていたし、それは女というものの腹のなかにあることも知っていた。

意識という大事なものがどこからきたかわからないのに全知だというのは妙な話ではあったが自分は全知ということについては確信があり、確信があるからにはたしかにおれは全知だった。何しろおれは父親と母親が交接した瞬間を知っていたし、それどころか母親が生まれたときのことも知っていた。いやおれは父親の父親が生まれたときのことさえ知っているし、父親や母親が死ぬときのことも詳しく知っている。いま自分を孕んでいる母親が住む家の周囲の住人たちがどう生きてどう死ぬかということもすべて熟知している。もしかしたらおれは神というものなのかもしれない。ほぼ無限の知識があるのだから。

知らないのはただ意識がどこからやってきたかということだけだった。けれどそれは問題ではない。その唯一の欠落もいずれ満たされるような気がするのだ。いまでさえおれは自分に知らないことがあるのを知っている。それはこれから知る可能性があることを仄めかしている。急ぐことはない。

おれの母親が暮らしているのは麻布という町である。麻布はもっと大きな町の一部だ。そしてその大きな町もまたさらに大きな町の一部だ。母親はいま麻布の坂道を登っている。季節は夏にさしかかったころだ。梅雨と呼ばれる雨期のすこし前。時刻は正午を回って太陽は空の中心から外れかけていた。耳鳴りがしそうなほど空は澄んでいた。

通りの両側に並ぶ飲食店は勤め人であふれていた。小さな店、大きな店、安価な料理を出すところ、高価な料理を出すところ。今週になってどの店も冷房装置のスイッチを入れている。

母親はノースリーヴのワンピースを着ている。買い物の帰りなのだ。駅の近くの鳥の名前がついたスーパーマーケットで肉と野菜と電球を買ってきたところだ。

そのスーパーマーケットもまたゆるい坂の途中にある。麻布は坂の多い町なのだ。以前はここはただの丘陵だった。木や草や石で覆われていて、鳥や小さな獣がそれぞれの生を緊密に生きていた。いま人間たちがそれぞれ緊密に生きているように。

擦れちがった男は百音（もね）の、おれの母親の、虫の腹部のように膨らんだ腹を見て、妊（みごも）っていることに気がついた。そしてこの女はセックスしたのだなと考えた。男はどういう体勢でそれをしたのかと考え、おれの母親の肉付きのいいふたつの太ももが開かれるところを想像した。

母親は家に向かっていた。家は窪地にある。

意識がおれのもとにやってきてもう半年以上経っている。それが最初にやってきたときのことは正確にはわからなかったが、まずおれが感じたのは退屈だった。

しかしそのときはその感覚が退屈というものだとは気がつかなかった。それが退屈と形容してもいいということはあとから思ったのだ。

たしかに最初に意識にあったのはそれだった。

すべてが、何もかもが、いままで見たことのあるものに見えた。これから見るものもやはりいままで見たことのあるものだという確信があった。

それはもの悲しいような懐かしいような感覚でもあった。

しかしそれもまたあとで考えた言葉なのかもしれない。

結局意識がやってきたとき最初にそこにあったものを完全に表現することはできな

い。ただすこし似ているものを並べるくらいだ。

そしておれは同時に意識がやってきたとき自分の頭にあった「いままで」という考えにも驚く。「いままで」とは何だろう。どういうことだろう。

それはいまという時間より前の時間があったということを意味している。おれはここにある前にどこかにあったのか。そうだとするとどこにあったのか。

いつのまにかその疑問は意識がどこからやってきたのかという問いと並ぶものになった。

意識はいったいどこからやってきたのか、そしておれ自身はどこからやってきたのか。

そのふたつのことはわからなかったものの、おれは自分が死ぬときのことは知っていた。

おれは美術大学に入り、研究を目指し、そして断念し、グラフィックデザインのほうに進んだ。デザイン事務所にしばらく勤め、それからフリーランスになった。できれば大学で研究をつづけたかった。建築とも違う、インテリアとも違う、家という空間を美術的に研究することがやりたかった。けれどおれに問題があったのか、大学のほうに問題があったのか、とにかくそれはうまくいかなかった。

具体的には教授とうまくいかなかった。どう考えても非はその教授とそれが象徴する体制にあったが、そのときはおれの考える道理というものが通らなかった。おれは大学に残ることを諦め、べつの道を探ることになった。しかしそれももちろん悪いことではなかった。

おれの死は悲惨なものでも特筆すべきものでもない。それはこの家の二階で翌日の仕事の準備をしているときに訪れた。冬のある朝だった。おれはものが持てなくなった。手から茶碗が不思議にゆっくりと落ちていった。時間が色のない蜜のようにかたわらを流れていった。

動けなくなったおれはそのまま死を迎えた。

ひとりで暮らしていなかったら助かっていたかもしれない。

おれの死は隣の家の人間によって発見された。隣の家の老いた女は死んだおれを見ても腰を抜かしたりはしなかった。なぜか片目が半開きになっていたのを掌で撫でるようにして閉ざしてくれた。おれはすこしすっとした。老人というものは偉いものだった。

おれは自分が死んだあとのことも知っている。おれが死んだとき、叔父の千図(せんと)は涙を流しはしなかったが、深く悲しんだ。恋人や友人たちもそれぞれの心と状況に応じて悲しんだ。おれは自分の体が焼かれている場所にいた。冬というのは火葬には向いている季節で、その場にいたみなは沈痛な顔をしていたが、自分に課されたあるひとつの役割が解かれたことに安堵もしていた。

母親の百音は暗闇坂を下りきって左に折れようとしているところだった。その道の奥にまるで隠れ里のような場所がある。そこには四十軒ほどの木造の家が時代に取り残されたようにして蟠（わだかま）っている。窪地という地形も周囲から隔絶された印象を醸しだす原因になっているのだと思う。

暗闇坂を下り、道の底に着くと左に入る道があり、そこを二十メートルほど進んで、突きあたりでまた左に折れ、さらに数メートル歩くと、右に軽トラックがようやく入れるくらいの幅の道が現れる。

その道は袋小路で四十メートルほどで行き止まりになる。その道を背骨にして周囲に広がった一帯が百音の育った場所だ。

隠れ里全体はすでに言ったように窪地で、同時に谷底だった。

右と奥はコンクリートで固めた高台の崖だ。

左は細長い児童公園になっていてさらにその向こうは奥からだらだらと下ってくる

坂道だ。

窪地の道の入り口の左にあるのは戸田酒店の倉庫である。

道の右側は比較的奥行きがあり、五本ある路地にそれぞれ三軒ほどが長屋のように軒を接して並んでいる。

左は公園とのあいだにあまり幅がないので、一軒ずつしか並んでいない。木造の二階家ばかりだ。

公園にはブランコや鉄棒などのほかに、小さい公園にしては意外なほど大きなケージが、ボール遊び用のケージが見える。それは青く塗られているが、もうだいぶ色は褪せ、ペンキはあちこちで剝げかけている。夏になるとそのくすんだ青に崖の上から木々の緑が覆いかぶさる。

公園と接していてゆるく下ってくる坂道はなぜか妙に幅がある。

坂の長さは公園と同じで、坂道は下りきってから戸田酒店の倉庫を回り、さらにもう一度曲がって、反対側の暗闇坂の底に出る。しかしその坂道を通る人も車もあまり多くはない。

坂道の頂に立って下を見るのはなかなか面白い。路地裏の人たちでさえそこに立つと、眺めがいいことにすこし驚く。

窪地の家々の屋根はとても低く、その向こうには都心の高層ビルが霞んで見える。高低差と構図のために、その光景は絵のように見える。春や早い夏のころには霞がかかっているためとくにその印象が強い。

†

一本の道は緑の丘陵にどこまでもつづいている。

丘陵はなだらかなので道もなだらかに起伏している。

丘を越えて下り、斜面を登ってつぎの丘の頂上に出るたびに、そこに現れるであろう光景に期待するのだが、現れるのはいつも同じような丘だ。

けれどつぎつぎに現れる光景が、自分にとって未知のものであるかもしれないという感覚はずいぶん新鮮だった。

そういえばいま道を歩くためにこうして動かしている足も歩くことを考えたときに現れたものだった。

それまでおれは足というものについて考えたことはなかった。旅をしようと考えたときに足が現れたのだ。

しかしこの道や丘についてはどうなのだろう。自分が考えたからこの道や丘はあるのだろうか。

自分は目の前の丘の向こうにあるものをいまたしかに知らない。これから現れるものは自分の知っているものなのだろうか。

もしこの丘の頂に立ったとき知っているものが現れたとしたら、もちろんそのときは未知という言葉は使えない。

いずれにしてもこの状況において、未知には二種類あった。

何が現れるかわからない状態、それ自体にたいして未知という言葉が使えること、それから実際に現れたものが未知であること。

おれはこれまで自分が全知であると考えていた。

いやいまもそう考えている。未知のものはかならずいつか既知になる。つまり未知というもののなかにはあらかじめ既知があって、未知という状態はただの一時的なものなのだ。

†

シロは小型の雑種だった。毛が白かったのでそういう呼び名になった。シロが貰われてきた日、名前を決めようということになって、幾つかの案が出された。百音も自分にとってかわいらしく響く名前を考えて、それを家族に提案した。みんなはその名前を受けいれた。しかしそれにもかかわらず家族は犬をシロと呼んだ。そして百音自身もそのうちシロと呼ぶようになった。

シロは外で飼われていたので家のなかに入ることができなかった。けれどもどうしても入りたいというときがあって、そのときは玄関の三和土(たたき)に後ろ肢を片方だけ残し、体のほかの部分を床板の上に投げだした。それでシロとしては家に入っていないつもりだった。

家に上がってはいけないというのはシロにとって絶対的なルールだった。一度完全に廊下まで上がって、万治にこっぴどく叱られたことを忘れていなかった。

シロは気が弱く、たいてい悲しそうな顔をしている。喜んでいても悲しそうな顔に見える犬だった。雷が空を揺るがす日は玄関に入れた。そのときはとても嬉しそうにした。シロは結局車に引っかけられて死んだ。原因になったのは千図だった。それ以来家で動物を飼うことはなかった。

窪地の家はどこも建てられてから何十年も経っているので、家並みは古いテレビか映画のなかにしか登場しないもののように見える。

あるいはそれは玩具の町のようにも見える。誰かがたわむれに造ったような町。もちろん誰かが造ったものではあるが。

百音の家は右側のみっつめの路地に面している。一番道側だ。二階建てだがとうてい広いとはいえない家だった。

両親がその家に引っ越してきたのは百音が生まれる前だ。百音はもちろんここで育った。路地裏を自分の世界にして育った。

百音の一番古い記憶も舞台はこの路地裏だった。

百音は玄関の前に立っている。肌寒い朝だった。霧が出ている。

いやあれは霧ではなかったのだろうか。

霧のなかに百音はひとり立っていた。だれかが摘んできてそこに置いたように。

そこへ男の人が近づいてくる。

男の人は白い小さなものを抱いている。いつのまにか隣に父親の万治が立っている。

シロがはじめて家にやってきたのだ。

公園に浮浪者が住みついたことがあった。

百音が小学校四年生のときで、季節は秋だった。ようやく長い残暑が終わりかけていた。みんな暑さには心底倦んでいた。そのころ百音は大きな悩みを抱えていたはずだったが、大人になってからその悩みが何だったか思いだすことはできなかった。

夕方に大きな男が坂を下りてきた。ゆっくり下りてきて、外国風の服を着て、長い髪が鬘(かつら)のように見えた。

男は公園の家側のベンチにすわった。

何人か子供たちが遊んでいたが誰も男の近くには行かなかった。その日はそのまま暮れた。

つぎの日の朝も浮浪者は公園にいた。

動物のような目をしていて、唇が厚かった。髯は白髪混じりで、体は臭った。それまで人の体から嗅いだことのない臭いがした。とてもゆっくりと動いた。病気の大きな動物のようだった。ガムテープで穴を塞いだ大きなかばんをふたつ持っていた。

二日目から路地裏全体が浮浪者の話題で持ちきりになった。ここ一月ほどの話題はおもに町内会での島田さんと勲さんとの諍いだったが、それはどこかに吹き飛んでしまった。

浮浪者は夜は倉庫の軒下で寝ているようだった。倉庫の隣の家の者は「気持ち悪くて」と言った。

路地は浮浪者のおかげで活気づいたように見えた。

ようやく秋らしい雨が降り、雨の音を布団のなかで聴きながら、浮浪者はどうしているのだろうと百音は思った。

町内会で話しあいが持たれた。会長が警察に話しに行くことになった。

しかし問題は結局はあっさりと片づくことになった。十日ほど経ったころだった。朝になっても浮浪者は起きあがらなかった。その日の午後になっても起きなかった。丸一日戸田酒店の倉庫の軒下に寝ていた。一番端の家が警察を呼んだ。

警察官は自転車でやってきて、救急車が呼ばれた。

百音も救急車に運ばれる浮浪者を見た。死んでいるように見えた。片手が重そうに垂れていた。百音の目にその手の形は焼きついた。ズボンが破けていて赤黒い陰茎が見えた。


おれはそうしたことを百音の心から知った。百音の心は単純でわかりやすかった。いや単純といえば、父親の万治の心も母親の和子のそれもそうだった。弟の千図の心はそれよりはすこし複雑だったが、それでも考えていることは手にとるようにわかった。

そもそもおれの意識を妨げるものはなかった。

百音の腹から肉を突きぬけ、家の壁を突きぬけ、大気のなかを進む。揺曳する。道を歩く者のなかに入りこむ。風に乗る鳥の心に滑りこむ。

あるいは地中の生き物のなかに忍びこむ。

周囲にあるものを低いところから見る。高いところから見る。

路地はすこし不思議な印象を人に与える場所だったが、それを包む麻布という町も不思議なところだった。

奇妙な名前の坂がたくさんあった。

坂道の途中の家はみんな幽霊屋敷のように見える。

外国の子供たちがたくさんいて、馴染みのない妖精たちのように町を歩きまわる。

†

道は広い川につきあたって右と左に岐(わか)れていた。

すこし考えてからおれは左に、下流に向かった。橋があったら向こうに渡るつもりだったので、どちらを選んでもよかった。

川に沿って道はどこまでもつづいていた。

何昼夜にもわたっておれは歩いた。

夜になるとおびただしい数の舟が川を下っていった。

日が落ちるころ舟は現れる。月光が水面を鏡のように見せるころに。

舟の一艘一艘にはひとりずつ人が乗っている。

しかし暗くて顔などは見えない。

こちらに向かって話しかけようとする者もいる。

舟の者たちが自発的に乗ったのでないことはやがてわかった。みんな一様に陰鬱な顔をしていたのだ。そして小舟にはそれぞれ荷物を載せていた。荷物の形はさまざまだった。動物を載せている者もいた。

下流に何があるのだろうかとおれは考えた。

あの者たちはどこへ、そして何のために行くのだろうか。

いずれそのことも確かめようと思った。

そしてついに橋が現れた。

†

おれは旅に出なければならなかった。

あるとき、おれはどうしても旅に出なければならないと思った。大事な何かがここではないどこかにあった。それが何であるのかは漠然としかわからなかった。けれど時々自分の力が及ばないものがあるということが不思議であったし、なぜそんなものがあるのか腑に落ちなかった。自分は全知なのだから。

そして旅に出てみようと思ったのは、もしかしたらここにはいられないと思ったせいかもしれなかった。ここにいるべきではないような、そんな気がすこししたのだ。

おれはある朝、旅に出た。もちろん千図が高校を卒業したあとに旅立ったような意味で旅に出たわけではなかった。

おれは全知であり、おれの意識にできないことはなかった。

おれはここにいながらにして旅をすることができた。

百音の腹のなかにいたが同時におれは遠くまで旅をすることができた。


また夕方がきていた。

路地からさまざまな声が聞こえる。路地の老女たちが家の前に椅子を出して話しはじめたのだ。

路地は年寄りのものだった。老人たち、おもに女たちは夏の夕方になると道に打ち水をしてから、家の前に椅子を出し、すわって涼をとった。

暗くなりだしてから完全に暗くなるまでの時間。老いた女たちは夏の一日のうちで一番楽しい時間をそうやって過ごす。

宵の闇が女たちの手に浮いた染みを隠し、顔に刻まれた深い皺を隠し、美しくはしないまでも周囲の風景になじませる。

そして老いた女たちは同じ話を繰りかえす。あらゆるものにたいして定見を持つ。この世に自分が知らないものはないと思っている。そして知らないことが出てくると驚く。

たいてい自分は不当な目に遭っていると思っている。そして遠い過去の話をする。未来の話はあまりしない。

昔は夕方の路地には魚を焼く煙があがった。あれは面白いものだった。

野菜の種類は少なかった。

そんなことを老女たちは話す。

おれはここにいたがどこにでもいた。だから動くということはまったく考えなかった。

動くこと、旅することを考えたのは、来たものがあったからだ。来たものはおれが知らないものだった。

万治も和子も気がつかなかった。百音も千図も気がつかなかったが、おれは気がついた。

夏の午後にそれは来た。夏になりかけた日。

正午から雲がでて雨が降った。おれは家の壁を這う虫を数えていた。大きなもの、人の目に見えないもの数万匹が家の板壁の家と内と外にいた。おれはそのうちの比較的大きいものの頭を小突いて遊んでいた。百音は眠っていた。

そのとき、それは入ってきた。

玄関を舐めて床を舐めてそれから襖を舐めて入ってきた。

畳を舐めながら寝ている百音のところまでやってきた。

色や形というものは持っていなかった。あるいは複数の色や形を持っていた。それは夕食のときまで家のなかにいた。

夕食は家族そろって食べた。にぎやかな食卓だった。そしてそれは万治の後ろにいた。

夕食が終わってすこし経ったころそれは窓から出ていった。

いったいどこから来たのか。

出ていこうとするそれにおれは話しかけた。けれど答えはなかった。

そのとき、おれは未知のものがあることに気がついたのかもしれない。

あのものが何なのか知りたいとは思わなかったが、知らないでいることがすこし落ち着かなかった。あれが自分と同じところからやってきて、けれどおれよりも多くのことを知っているような気がしたのだ。


百音はおおむねいい人間だと言えた。百音はたいていのことをうまくやってきた。たいてい損をしない側にまわってきた。甘えるべきところでうまく甘え、強くでたほうがいい場合にはうまく強くでた。万治も和子もどちらかといえば不器用なほうだったので、そういうふうな判断を適切にする傾向を娘に見いだし、不思議に思った。父親の万治は百音の性格が兄のそれに似ているとよく言った。万治と兄の仲はあまりよくなかったのだが。

だからそういうふうに見える百音が結婚をせずに子供を産むことになったのは両親にとっては意外だった。

百音の恋人つまりおれの父親は、百音と結婚をするつもりはなかった。百音のほうにも結婚をするつもりはなかった。

いやむしろ百音のほうが結婚したがらなかったのでそういうふうになったのかもしれなかった。恋人は広告の会社に勤めていた。

みっつ下の弟の千図は百音に比べると思慮に欠ける人間だと思われていた。実際には思慮に欠けるのではなく、ほかの者とは違った感じ方ややり方をするので、そう思われていた。子供のころの千図は泣き虫で学校では虐められていた。病気かと思えるほど落ち着きのない子供でじっとしていることができないようだった。学校の成績は良くはなかったし、先生には好かれなかった。けれど両親や姉の知らない理由であるときから急におとなしくなった。その理由を千図は人に話すことはなかった。自分でも知らなかったのかもしれないが。

千図はまた病院嫌いだった。あるとき友達と遊んでいるときに右の薬指を折ってしまい、指はおそろしいまでに腫れあがったが、周囲には隠していた。病院では切断寸前のところだと言われた。千図が死ぬときのことも自分は知っていた。

夕暮れというのはたしかに毎日やってきた。晴れた日であればまず空の色がすこし濃くなる。それから一方の端が赤みを帯びる。その薄い赤は美しいものだ。二種類の液体が混じるように青と赤が混じり、同時にしだいに濃さを増してゆく。雲があれば片側が赤くなり、二種類の物体で構成されたものに見える。灰色や黒い雲だと構造はより複雑になる。まるで空に浮かぶ美術品だった。

暗くなる速度はしだいに上がる。空に赤が差してから数十分ほどで暗くなる。そしてそのあいだのどこかで街灯がつくのだが、灯火がつく瞬間はつねに驚異の瞬間だ。驚異であるし確実なことで、確実なことが少ないこの町でそれは貴重なものだった。

家には小さい物干し場があった。物干し場には二階の廊下の奥の戸から出入りした。物干し場に出ると遠くにある高層ビルが見えた。ふたりの人間がすわれるほどの長さの腰掛けがあり、灰皿が置いてあった。

狭い家でたまにひとりになりたくなるとみんなそこにきた。万治はそこで夜の空を見ながら、星を見ながら、ビールを飲み、煙草を吸った。和子はひとりの昼にそこで文庫本を読んだ。いつのまにか眠ってしまったりした。

千図がひとりでそこで何をやっているのかは誰もわからなかった。百音は疲れるとそこで何もせず、好きなもののことをしばらくぼんやり考えた。

†

橋を渡って前方を見ると、やはり見えたのは似たような緑の丘だった。けれど木立が点在していた。木立の葉は丸く、高さはそれほどなかった。二日ばかり進むと岩がだんだん多くなった。そして道の両側が高くなりはじめた。進むにつれ崖となって上に上に伸びていった。おれはその隙間を、だいぶ細くなった道を進んだ。

そうやってどれだけ歩いたか。不意に両側の崖が切れて視界が開けた。道はそこから下りになっていた。うねりながら下に向かっていた。そしてその先に町があった。

†

万治と和子はたまに大喧嘩をした。隣にも向かいにも裏にも聞こえるくらいの声で怒鳴りあった。和子はあるいは同情され、窘(たしな)められた。

和子はたまに路地に年寄りが多いことをこぼした。マンションか郊外の一軒家で暮らしたいと訴えた。

万治と和子は結婚して五年後にこの家に引っ越してきた。

家の持ち主は親が死んだときにこの土地を離れた。大きな会社に勤めていて羽振りがよく、よそに家を買い、この家は貸すことにしたのだ。持ち主は万治の上司だった。

万治はその会社をやめたが、家はそのまま借りつづけた。

最初この家を見たとき、麻布ということで違うものを想像していたふたりはがっかりした。しかしとにかく都内だし、家賃はだいぶ安くしてもらっていた。家賃の安さにかんしていうと、この土地は以前は交通の便がとても悪かったので、それも原因のひとつに数えられたかもしれない。

†

町の家や塔は石で造られ、道も石だった。多くの人が生活していた。おれはその町をすこし見てまわることにした。よそからきた者なのでみなに好奇の目を向けられるだろうと思ったが、影のようなその町の人たちはおれにはあまり関心がないようだった。

公共の建物らしいところに入った。広い部屋がいくつもあり、どこもがらんとしていた。広間のひとつに入ってみた。奥に大きな窓があった。しかし、近づいてみるとそれは窓ではなく、絵であることがわかった。絵には港が描かれていて港で働く人間たちが表情までわかるほど細かく描かれていた。まるでいまにも動きだしそうだった。クレーンは首を回し、鷗は空を滑り、波の音が聞こえてきそうだった。おれは興味を惹かれて長いあいだその絵を見ていた。

細かく見ると絵のなかにはさまざまな人間がいた。金持ちらしい者がいたし、負販の者がいたし、着飾った女がいたし、子供がいた。人のように見えない者もいた。狐のような顔をした者、下半身が魚になった者もいた。人の一生ほどの時間その絵を見ることに費やしたのかもしれなかった。気がついて絵から目を離すと広間の床は砂に覆われていた。

広間を出て家を出ると町のようすはすっかり変わっていて、人の姿は見えなかった。おれは道に戻ることにした。

†

百音の腹のなかは心地よい。百音の考えることはほとんどが愚かで益のないことだがそれで不都合はないのだろう。おそらく百音は本当の意味で何かを知ることなく死んでいくはずだが、そのことに気がつかないのだから本人にとってそれが不幸であるとも言えなかった。百音にはいま屋根に留まっている鴉の心も公園にいる大使館員の一人娘の心もわからない。けれどおれにだって鴉がつぎに啄(ついば)む虫がどれであるかはわからないし、大使館員の娘の青いスカートがなぜ青いのかその意味はわからない。だからその点ではおれも百音と同じなのかもしれない。ただおれはおれの心を手探りしている者がいることを知っている、たぶん知っている。

†

明るい雨がひとしきり降ってそれから止んだ。

脇道があったのでそちらに逸れてみた。ぽつんぽつんと木が立っていてしばらく行くと、それが並木道として造られたことがわかった。

道端に濃紺の自動車が停まっていた。なかを覗いてみても誰も乗っていなかった。あちらこちら錆びていて、壊れているようだった。タイヤはどれも空気が抜けていた。白い蝶が後ろの座席で死んでいた。

さらに進むと門が見えてきた。門柱は白い石でできていて、白く塗られた鉄柵の門扉の片側が開いていた。おれはそこを抜けてさらに進んだ。向こうに邸が見えた。白い大きな邸で玄関はポーチになっていた。

邸は三階建てだった。近くで見ると白いペンキはあちらこちら剝げていて、窓ガラスも割れていた。誰も住んでいないらしかった。

旅にでているあいだ音というものを聞いたことがないことにおれはそのとき不意に気がついた。

家や町にいるとき音はつねにおれのまわりにあった。

この家の周囲の静けさには特殊なところがあるとおれは思った。

邸の右側に道が通じていることに気がついた。おれはその道をたどってみた。

裏手は庭になっていた。かつては美しく咲いていたと思われる花はすっかり枯れていたし、石像は倒れ、噴水は涸れていた。おれは小径を進んだ。

低い木立が両側に現れ、その場所を過ぎると向こう側に白いものが見えた。さらに近づくとそれはテーブルと椅子であることがわかった。大きな細長いテーブルが置かれているのだった。そしてテーブルの端に男がひとりすわっていた。男は明るい色のきれいな服を着ていた。

おれはそちらに向かった。男はおれに気づき、目を逸らすことなく近づくおれをじっと見ていた。ひじょうに高齢の男だった。

「あなたは誰ですか」広いテーブルにすわった老人はおれを見あげて口を開いた。

おれは答えた。

「採集しているんだ」

「採集？　何を採集しているんですか」

「おまえにはわからないものだ」自分の頭のなかにある言葉とは違うものが口から出

た。

「これは夢だな。夢のなかで夢を見ていることに気づくなんて不思議だ」

老いてはいたが背中はまっすぐで姿勢はよかった。服装は立派だった。明るくきれいなスーツを着ていた。時折明るい色のなかに動物の影のようなものが動いた。鬣（たてがみ）や鰭（ひれ）や角のような形が閃（ひらめ）いた。おれはその男が誰であるのかわからないことに驚いた。そして同時に以前よりわからないことが増えている事実に気づき急におそろしくなった。

「あなたは誰なんですか」高齢の男はまた訊いた。

「見たとおりのものだ」

「不思議な姿だ。いままで見たことがない。夢のなかでも」

男は独り言をいうような調子で呟いた。そしてテーブルの皿に目を落とした。皿のなかには澄んだスープが入っていた。細長いものが一筋浮いていた。男はそれをじっと見つめた。

背中を向けておれはテーブルから離れた。

振りかえってみると、男はスープのなかに手を突っこみ、細長いものを摑んで口のなかに入れようとしていた。

摑まれたそれは動いているように見えた。

あたりが暗くなっていくような気がした。

まだ夜になる時間ではなかったが、おれは家に戻ることにした。

戻ることに特別な努力などは必要ではなかった。荒れた庭と路地は同じところにあるのだから。

しかしおれは戻れなかった。このところ戻るのにすこし時間がかかるようになっていたのでおれはしばらく待った。しかし戻れなかった。

おれのなかの何かが音をたてて震えた。おれはもう家や町に戻れないのだろうか、心がどうかなってしまったのだろうか。

おれは怯えた。百音や千図や万治や和子にもう会えないのか。

おれは百音や千図を好きなわけではなかった。みんな愚かさばかり目立つ哀れな人間たちだった。

にもかかわらずおれは震え、怯えた。そうして理由はわからなかった。

おれは家に戻れないだけではなかった。気づくと多くのことを忘れていた。町のことも家のことも老女たちのことももうあまりうまく思いだせなかった。忘れるという悪意のある獣が心のなかに降りていた。

しかし同時にそのとき気づいてもいた。おれは意識を得た瞬間からずっと忘れていくことになっていたのではないか。

おそろしい悲しみがおれの心を占領した。

泣きながらおれは細い道を進んだ。

道は暗く狭くなっていった。周囲はもう見えなかった。ただどこまで行っても何もないことだけがはっきりとわかった。

美しく均整のとれたおれの体はしだいに縮み、醜くなっていった。

十分に愚かになっていたおれはこれからさらに愚かになっていくことに気がついた。

際限のない苦しみと悲しみのなかをおれは長いあいだ歩きつづけた。

息が苦しくなり誰かの手が置かれたように瞼が急に重くなった。岩の服を着せられたように体が動かなくなった。

それからおれは産まれた。

なんと明るいところなのだろう。

これが光というものか。

スターマン

だれが島田をスターマンと呼びはじめたのかは憶えていない。

バーの近藤か、一か月でやめていったドラムをやっていた小柄なやつか。

スターマンはあるとき居酒屋で、自分は星からやってきた、遠い星から、と言った。だからその日からスターマンになった。そしてこれはスターマンの記録だ。

スターマンは遠い星からやってきた。スターマンは超能力を持っている。それはすばらしい力だ。正確にはどういう種類の力だったのかはおれも知らないし、たぶんほかの誰も知らないだろう。それからすごい知能を持っている。

スターマンの名前は島田徹という。東北のどこかの出身で兄がいたはずだ。兄が高校のマラソン大会で三位だったというどうでもいいことをおれはなぜか憶えている。その大会は陸上部が食中毒で全員休んだらしい。

スターマンを知ったのは浜松町のパブで働いていた時のことだ。おれは調理をやっていた。スターマンも調理だった。スターマンもおれも高卒だった。

知ってるだろうか。浜松町は特別なところだ。もしかしたら空港に連絡する駅だからかもしれない。浜松町にいる人間はこの土地には慣れていないという顔をしている。じっさい浜松町に住んでいる人間は少ない。とくに駅の反対側はそうだ。休みの日に行くと、人にも車にもほとんど出会うことがない。たまに人がくるとびっくりするくらいだ。そして誰もいない街のビルの隙間を時々公園の森のリスとかグラウンドのコウモリみたいにモノレールが生きて走っていく。

島田は真顔で地球人じゃないんだって言いだした。

目の前には煮込みとかサイコロステーキとかレモンサワーが並んでいた。田町の居酒屋だ。五人いた。パブのアルバイトがふたり、もうひとりは誰かの友達で、全員男だった。

冗談だと思って、おれは話を合わせた。

お前、東北出身じゃないか。

遠い星からきて東北に生まれたんだ。

星の名前は？

地球人には発音できない。

どんな星？

科学が発達してる。地球より千年は進んでる。

島田はいつもと同じように口のなかでもごもご言った。

「ぼくにはものすごい力がある」

島田は自分のことをいつもぼくと言った。けっしておれとは言わなかった。

「でも何もしない。地球人はあまりにも弱いんで、自由にできすぎる。介入はしたくないんだ」

みんな酔ってたんで、最後のあたりはもう誰も聞いていなかった。

けど内容は憶えていなくても島田がちょっと変だったこと、それに遠い星っていう言葉はみんなの頭に残ったらしく、誰かがスターマンという渾名を島田に与えた。

言ったように誰がはじめにその呼び名を使ったかはわからない。けれど面と向かっては言わないけれど、島田がいないところでは島田はスターマンと呼ばれるようになった。

スターマンはかなり瘦せている。普通より少し背が高い。あまり喋らないし、冗談を言うのは聞いたことがない。東北の人間はそういうものかもしれないが。

顔はどう言ったらいいか。おれが女だったらまずつきあいたいと思わない顔だ。しめ鯖みたいな顔だ。髭の剃り跡が青いせいだろうか。髪は若いのにもう薄い。

スターマンはどこかがなにかが人と違った。たとえば音楽の話なんてのはしそうに見えなかった。一度一緒にラーメン屋に入った時、この歌いいな、と言ったことがあって、おれはものすごくびっくりした。スターマンと音楽の取りあわせがほんとに意外だったのだ。それはどうでもいいような男のアイドルグループの曲だった。

スターマンが女とつきあうところも想像できなかった。おれたちが女の話をしてもスターマンは一度も話の輪には加わらなかった。調理場のチーフの迫山は一度、おまえ童貞ってきいた。スターマンは軽くうなずいたようにも見えた。

迫山、虫のような迫山、タコヤマと陰で呼ばれていた迫山。迫山はキャベツを取ってくれと言って、丸ごとのキャベツを渡すと、そっちじゃない半玉のほうだと言って怒る。

迫山は風俗が好きで仕込みの時間から片付けまでずっと風俗の女の話をしている。嫌われ者の迫山、女の話をしていない時は腕時計の話をしている。迫山は腕時計が好きだ。

おれたちは狭く汚い調理場で四人で働いた。一日の大半そこにいた。来る日も来る日も。犬の小便みたいな生活だ。犬の小便のほうが温かいだけましだったかもしれない。

スターマンは星の話をいつもするわけじゃなかった。逆だ。渾名をつけられるきっかけになった飲み会からしばらくそんな話はしなかった。

ある時、店が翌日休みだったので終わってから飲もうということになった。最初はホールの人間も入れて四人で飲むことになっていたが、急にふたりも都合が悪くなって、結局島田とおれだけで飲むことになった。浜松町の朝までやっている居酒屋に行くことにした。

ふたりで飲んでいると、なんでかわからないけれど、隣の席の若いサラリーマンのひとりが絡んできた。けっこう体格のいいやつで、島田の肘のあたりをそいつは摑んだ。

おれたちが反応するよりそいつの連れのほうが早かった。連れのふたりは「ばか、やめろよ」とか「酔ってるな」とか言いながら、同時にこっちにも謝りながらなだめ、謝りながら帰っていった。

帰ってからなんて言ったらいいか考えていたら、すこし興奮した顔でスターマンが言った。

「ぼくはあいつを簡単に殺せる」

何が言いたいのかと考えているとまた言った。

「簡単に心臓を握りつぶせる」

スターマンは自分の言葉に身振りを加えた。見えない心臓を空中で握りつぶした。

「ぼくは首相も政府も思い通りにできる。イギリスの大統領も自由にできる」

スターマンはやっぱり頭がおかしい。無害かもしれないがきちがいだ。

スターマンの感覚はどこかおかしかった。いっぺん家に泊まったことがある。スターマンはカレーを作ってくれた。カレーにはインスタントコーヒーがついてきたが、それはレトルトの袋を温めたお湯で作ったコーヒーだった。


「島田さあ、あいつ事故にあったんだって」

ある日、店にいくと迫山がそう言った。交通事故で、重症ではなくて本人が知らせてきたらしかった。
二、三日後、おれはスターマンの入院している病院に見舞いに行った。
スターマンは体の左側をおもに負傷したらしかった。けれど思ったより元気で、ベッドにすわってぼそぼそと自分が生まれた星のことを話した。

スターマンの生まれた星には大きな陸と大きな海があった。

陸には森があり、海には島があった。

大人は働かなくてよかった。

子供はみんなで育てた。

科学はすごく進み、人は何年も生きた。ローマ時代に似ていた。

スターマンが育ったのは陸だ。丘がつづくあたり。町は丘のあいまにあった。

なだらかな丘陵は緑の草の海に見えた。

その海は風が吹くとほんとうの海のように波打った。波立つと草の動く音が轟（ごう）と鳴って、スターマンの胸をすこし狭くした。

子供のスターマンはある日暗い緑の道を歩いていた。

緑の奥に神社があった。

白い服の男と女の宮司が並んでスターマンを待っていて、社のなかに誘った。

神社の暗い廊下を進むと先は中庭だった。

中庭には樹があった。下りて近づくと実がたくさんなっていた。

「この星のオレンジに似てる」

ひとつもげと宮司が言った。

スターマンはひとつもいだ。

割ってみろ。

手で割ると果汁が噴水のように噴きだして手が濡れて冷たくなった。

果物のなかに紙が入っていた。畳まれていた。

見せて。

女の宮司が言った。スターマンは渡した。

こっちへと男の宮司が言った。

広間。

女はそこで紙を開いた。ちらっと見てそれから天井を指さした。

天井を見ると宇宙の地図があった
あなたはあの星に行くと女は言った。

あれがお前の学校だと男の宮司が指さした。

いつものでたらめだ。事故にあったせいかいつもよりももっと変だったけれど。

スターマンはその話のなかで美しいという言葉を使ったかもしれない。美しいなんて言葉は普通は使わない。スターマンがそんな言葉を使うなんておかしい。おれはちょっと笑ってしまった。けどスターマンはおれが笑ったことには気づかなかった。スターマンが言ったことはたぶんなにかで読んだものだろう、映画かテレビかで。

一週間後、漫画を買って見舞いに行ったらスターマンは併発症で死んでいた。たぶん故郷の星に戻ったんだと思う。だれもスターマンのことを憶えてないのでおれが書いた。これはスターマンの記録だ。

開閉式

ものにはみんな外と内があって、それは扉でつながっている。扉を開けば内が見える。開けばなかは見える。なかを見るのは良くないことだ。なかを見るのは恐いことだ。

扉が見えるようになったのはいつからだろう。そしてそれがほかの人の眼に見えないことに気がついたのはいつの頃だったのか。

子供の頃、わたしはいつも窓辺にすわって外を見ていた。わたしはそうしてすわって何を待っていたのだろうか。わたしは四つか五つだった。でも、そうやって一日外を見て過ごしながら、自分が何年も生きたような気がしていた。何年も生きて、わたしは金魚鉢に無造作に塗られた赤と青の色に飽きて、朝顔の襞に、風に揺れる蔓の形に飽きていた。

そして、ある夕方、汚く恐い人がきた。その人は男の人なのか女の人なのかわからなかった。ただとても汚く、とても恐かった。この人はもしかしたら、鉱山で死んだ父親なのかもしれないと子供のわたしは思った。父親は物心つく前に死んだ。鉱山というのが正確にどういうところなのかはわからなかったが、暗く汚れたところであることは知っていた。だから、あんなに汚くてもおかしくないのかもしれない、わたしはそう思った。

その人はお菓子をくれた。お菓子は薄い茶色の紙に包まれていた。何種類かあって潰れたり、割れたりしていた。どれも食べたことのないお菓子だった。

お菓子の包みを渡してくれたとき、その人の掌がとても白いことに気がついた。その人がいなくなったあと、わたしはすぐにそれを包み紙ごと庭に埋めてしまった。汚い人から貰ったからではなかった。その人に会ったことがあまり良くないことのような気がして、何もなかったことにしてしまいたかったのだ。

お菓子を埋めた場所は長いあいだ気になったが、母親がそこに何かの種を播き、その種から芽が出て、妙に背の高い花になった頃、忘れた。

でも、よく考えるとそのときのことは扉とは関係がないようだ。はじめて扉に気がついたのはべつのときだった。

わたしは小学生になっていたと思う。障子の向こうに誰かがいて、わたしはその人に頭を撫でられた。腕は障子の隙間から出ていたので、まるで障子から腕が生えているように見えた。その人は上半身が裸のようだった。腕には黒い毛が生えていた。手はごつごつしていたのにとても滑らかに早く動き、わたしの体を撫でまわした。そのとき、奥から母親の声が聞こえた。腕が引っこみ、わたしは母親の部屋に行った。母親は手鏡で自分の顔を見ていた。そしてわたしのほうを見ずに、友達の家に遊びに行けと言った。母親は化粧をはじめた。手鏡を持った手の甲に薄い緑色の長方形が見えた。そのときはそれが何であるのかわからなかった。何年かしてから気がついた。あれは扉だった。

あの片腕の持ち主は誰だったのだろう。あのとき、家のなかにいた人は。母親に恋人が何人もいたことは大人になってから気がついた。いや、子供の頃からそれは知っていた。ただ気がついていないふりをしていただけだ。でも障子から生えていたように見えた腕の持ち主は母親の恋人ではないような気がした。

わたしの父親は鉱山のなかで死んだ。死んだときのようすを詳しく聞いたことはなかった。ただ、鉱山の坑道のなかで死んだということしか知らなかった。わたしは繰り返し、父の夢を見た。夢のなかでわたしは何かをしている。歩いてどこかに向かっていたり、家のなかで母親の帰りを待っていたりする。そうすると脈絡なく、扉が現れる。扉は最初扉だとわからない。壁の一部や何かがほんとうは扉であることに突然気づく。そしてそのとき、夢のなかで決まって深い驚きを感じる。わたしは扉をおそるおそる開けてみる。そうすると、そこは鉱山の坑道で、暗いそのなかに父親が倒れている。わたしはこれは大変だと思いながら父親を助けようとする。父親を背負おうとするが父親はとても重い。どうしようもなくなって腕を摑んで引きずっていこうとするがまったく動かない。そうするうちにどこからか音が聞こえてくる。音は遠い津波のように足下から響いてくるときもあれば、鐘のようなときもあって、そこでわたしは眼を覚ます。音は現実の世界の何かの音だ。テレビの音、掃除機の音、でなければ雨や風の音。夢のなかで父の顔は見えない。見たことがないからだろう。

母親の手の薄い色の長方形は頻繁に眼にするようになった。把手があり、よく見ると蝶番まであることに気がついた。わたしは何度も、扉について訊こうと思ったが、訊いてはいけないような気がして、結局そのままにしてしまった。

母親はわたしが中学生になる前に亡くなった。母親の通夜のときだった。棺桶の上に何か小さなものが三つ四つ動いていた。眼を凝らして見ると、それはみんな若いときの母親で、どれも裸だった。わたしが見ているのに気がつくと、小さな女たちは棺の上を逃げまわった。表情は笑っているようでもあり、怯えているようでもあって、声まで聞こえるような気がした。

それらは母親の手の甲の扉から出てきたのではないかとわたしは思った。あまり逃げるので何だか憎らしくなり、指でひとつ潰した。

通夜の客が帰ったあと、祖母に何か変なものがいたと言うと、祖母はとても厭な顔をした。

学校は楽しくはなかった。何も楽しいことはなかった。面白いことが何もないのにみんな笑って、面白いときには誰も笑わなかった。あるとき、授業中にとてつもなくおかしくなった。みんな並んでそれぞれ卵でも抱えるみたいに机にしがみついていることが無性におかしいことのように思えたのだ。もしかしたらわたしはそのとき実際に笑ったのかもしれない。

わたしはたいていひとりだった。ひとりで誰かの扉を見ていた。担任の先生には扉があった。先生の扉は頭の後ろにあった。帽子を被ると見えなくなった。

扉は誰の体にも見えるというわけではなかった。どうして、誰かには扉があって、誰かにはないのか、その理由はわからなかった。自分の体にもあるのだろうかと探してみたけれど見つけられなかった。わたしに扉が見えて、ほかの人に見えないように、ほかの人に見えて、わたしに見えないものが何かあるのだろうか。わたしはそんなことを考えたりした。

扉があるのは人間だけではなかった。動物にもあった。犬や猫や鳥の体にもそれはあった。近所の温柔しい犬にも扉があった。わたしはその犬が寝ているときに右の脇腹にある扉を開いてみた。犬の扉は思いがけなく柔らかく、把手を指の先でつまんで回して、わたしはそれを開けてみた。犬の扉のなかには綺麗な色をしたゼリーのようなものがみっしりと詰まっていた。さまざまな色のゼリー。わたしはそれをひとつ取った。扉を閉じると犬が眼を覚まして、くうんと切なそうに鳴いた。つぎの日から犬の姿は見えなくなった。

学校を終えたわたしは信用金庫に勤めた。勤めは学校よりも楽しい面もあった。わたしは男の人たちに誘われてよく遊びにいった。歳が上の男の人といるのは気が楽だった。肉体的な接触というのが気持ちのよいものであることをわたしはその頃知った。そして父親の夢を見ることがしだいに少なくなっていった。それに扉を見ることも減っていった。けれど、ある日の夕方見た扉は印象的だった。わたしは信用金庫から家に帰ろうとしていた。商店街を通りぬけようとしていると、果物屋の奥さんが買い物客のひとりと話をしていた。買い物客はおばさんで右の脇腹に扉があった。その人の扉は閉まりが悪くなっているようで、隙間があり、なかにあるものが覗いて見えていた。その人のなかには白い毛糸のようなものが詰まっているみたいだった。

扉のなかにあるものはみんな違うものなのだろうか。扉は扉だから、みんな開け閉めできるはずだ。でも、開け閉めするのは誰なのだろう。誰のための扉なのだろう。

その後、わたしはちょっとした問題で信用金庫を辞め、スナックで働くようになった。スナックの仕事は楽なのか大変なのかよくわからなかった。半年ほど働いた頃、わたしはそこのお客さんの小柄で穏やかそうな人とつきあうようになり、一緒に住むことになった。けれども、最初は穏やかだったその人はわたしを殴るようになった。わたしは殴られてよく畳の上に転がった。殴られるのは痛かった。ほとんど毎日のようにあの人の指の骨がわたしの体のどこかの骨にあたっては鈍い音を立てた。畳に頬をこすりつけながら見る部屋は大きくて、天井は大きな建物の天井のように高かった。写真で見た大きな教会とか大聖堂とかそんな建物の天井のように。箪笥は暗い高層ビルのように聳えたち、小柄なその人も見あげるばかりに大きく見えた。窓の外には鉱山から帰ってきた父が立っていた。

でも、助けてくれたのは鉱山からやってきた父ではなかった。まさるさんだった。まさるさんはカウンターの向こうからわたしの体にできた痣に気づき、わたしを殴る人から解放してくれた。まさるさんは明るくて好い人だった。鉄工所に勤めていて、大きな体をしていた。わたしを殴る人も、まさるさんに比べるととても小さく頼りなく見えた。わたしはスナックを辞め、まさるさんのアパートで暮らすようになった。

でも、あの女のせいだ。あの女のせいでまさるさんはだんだん冷たくなっていった。同級生だか何だか知らないが、あの人はわたしのことが嫌いなようだった。わたしがまさるさんのアパートにいるのが気にいらないのだった。まさるさんは冷たくなっていった。夜、帰るのが遅くなり、わたしはそのあいだテレビを見て待った。音を消して見た。まさるさんは帰ってこないことのほうが多くなった。

でも、今日は帰ってきた。遅くなってから酔って帰ってきて、いまは鼾をかいて寝ている。あの人のところへ行ってきたのだろうか。帰ってきて口のなかで何か言って、服を着たままベッドに入ってしまった。朝まで起きそうになかった。わたしはテレビを消し、久しぶりに掃除をして、それからまさるさんを開閉してみた。

一生に二度

みすず　二〇一七年

みすずはよく転ぶ。

段差につまずいて転ぶ。段差があるから転ぶのかと思うが、なにもないところでもよく転ぶ。ふたつきに二度か三度。

子供の頃からそうだ。

立って歩けるようになったのは、遅くも早くもなく、立てるようになってから、そして歩けるようになってから、みすずは頻繁に転んだ。

最初のうちはもちろん転ぶのが当たり前だと思われていた。まだバランスがうまくとれないのだろう、大人たちはそう考えた。しかしそれから一年ほど経ってからも、みすずはしばしば転んだ。

脚の骨や筋肉に問題があるのか、母親は不安に襲われ、にこにこと転んでいるみすずをつれて、ある日病院に赴いた。

鼈甲縁の眼鏡をかけた整形外科医は、母親の訴えを聞き、レントゲン写真を撮った。レントゲン写真を見るかぎりでは、異状はなかった。

整形外科医は異状がないことを告げ、転ぶのは足の問題ではないのかもしれない、視力が関係しているかもしれないし、心因性ということも考えられる、と言い、これ以上程度が激しくなるようだったら、もう一度きてください、と締めくくった。

眼鏡をかけた小太りの整形外科医は、その日の仕事を終え、独り暮らしのマンションに戻り、疲れた体を浴槽でほぐしながら、よく転ぶという子供のことを思いだし、もうひとつの可能性に思いいたった。子供がわざと転んでいるという可能性に。

その思いつきは医者に笑みを浮かべさせた。しかし眼鏡を外した、屈託のないその笑みを見ている者は、もちろんいなかった。

それ以後もみすずは転んだ。母親はそれが足が悪いせいなのか、心因性なのか、そのたびに思案した。

いまでもみすずは少なくともふたつきに一度は転ぶ。

家で転び、会社で転び、外で転び、そしてそれらの原因は、おもにみすずの不注意にあるように見える。

みすずはいまでは注意が散漫だと思われている。よく手に持ったものを落とすし、食器を洗っていてよく割る。転ぶのはたしかにその延長なのかもしれないと自分でも思う。

みすずは音響機器の製作と販売施工の会社に勤めている。会社の製品は業務向けの市場で一定の支持を受けているが、おもな利益は学校や公共施設の拡声システムの販売と施工から得ている。二十代で会社を興した社長は有能だったし会社もまた中小企業として優良だった。

みすずは勤めてからもう二十年以上経つ。給料はそれほどよくなかったが、仕事の内容や条件、人間関係に理不尽と思えるところはほとんどなく、いたって平穏に働いてきた。

しかしさすがにそれだけ働いていると生活は固定化してくる、日々は繰りかえしになっていく。みすずは現在の暮らしがどこまでつづくか時折考える。あるときまではいずれ結婚して専業主婦になるだろうと思っていたが、もう結婚に適しているといわれる年齢はだいぶ過ぎてしまった。

そういうもの、そういう、何かに適している年齢といったものを決めるのはいったい誰なのか、とみすずは考える。

もちろんそれは子供を産む産まないに関係している。生物学的な理由だ。しかしなぜ自分もその考えにつきあわないといけないのか、そういうものには個人差があるだろう、それがみすずの見解だった。

よく転ぶ以外にみすずの特徴はもうひとつあって、空想癖がそれだった。

みすずはなにもしていないときにしばしば空想する。

みすずの空想は多岐にわたり、さらに年齢とともに手のこんだものになっていった。

たとえば、休暇がとれず旅行に行けない日々がつづくと、みすずはよく空想でそれを実行した。

どこかに旅をすると空想するわけではない。自分が現在いる場所を旅行で訪れたように空想するのだ。見慣れた土地をはじめて訪れたように想像するのである。

たとえば通勤途上にある恵比寿の駅前をはじめて見たらどういうふうに見えるか、そこにいる人々は旅行者の目にどう見えるかを考えるのだ。

左に行くと坂がある。

右に行くと線路沿いの細い道になる。

左にあるあの急な坂ははじめて見る者にどういうふうに見えるだろうか?

みすず自身がはじめて左の坂を見た時は、なぜこのように極端な高低の差があるのだろうかと思った。建物などはその頃とは変わっているが、地形の高低の差はもちろん変わらない。

その急な坂の途中に、左上に向かって駆けあがるさらに急な石段がある。

一応真ん中に鉄の手すりが設置されているが、階段は老人だったらとても登れない角度である。あまりに急なので、一番上の段の向こうには空しか見えない。石段の際（きわ）はそこで空を区切っている。

その場所を通る者に時間の余裕があればわざわざ石段を登る労をとり、下からは見えないその場所に何があるのか、確かめるのではないだろうか。

何につながるかわからない階段。

上がってみると、そこにあるのはなんの変哲もない民家かもしれない、何かの商店か飲食店かもしれない、あるいは区の小さな公園か何か。

みすずはもちろんその先にあるものを知っている。けれどその石段はほんとうにいつも同じ場所につづくのだろうか。

恵比寿駅で人を待っている、少年期を過ぎたばかりの男は、はたして旅行者の目にはどう映るのか、そして少し驕慢な顔つきの高価な装いをした三十歳くらいの女は、この町をはじめて見る人間の目にはどう見えるのか。若い男も驕慢な顔の女ももちろん世界中にいる。夥しい数だ。けれどこの町、この場所で見るそれらは、やはり特別な意味を持っている。たぶん。

風景の改変もよく行った。

渋谷の道玄坂を駅に向かうとき、立ちどまり、ビルや道路をすべて消して、一面の麦畑にしたこともあった。金色の麦畑は足下から下っていく一筋の道の両側で、折から吹き起こった風に優雅に波打つ。世界には空と自分と麦の畑しかない。麦畑は渋谷の駅のあたりまでなだらかに下っていく。その麦の穂より濃い色の羽毛の鳥が、不意にどこかから空に向かって飛びたつ。その声。細く高く、気圏からそれは降ってくる。

銀座の七丁目から公園につづく道は角を曲がると海になる。

海は今日は荒れている。波の音が風景を埋める。防波堤の内側まで波飛沫(なみしぶき)が降る。子供らはそれを面白がってけっして飽くことがない。会社で重い役目を背負っている男がその役目にふさわしい少し深刻な顔で横を過ぎていく。少し離れた場所にベビーカーが置いてあり、しかしそのベビーカーのなかには誰もいないし、押す者の姿も見えない。飛沫のアラベスクの向こうに昼の月が見える。

海。

海はみすずの空想にとって重要だ。

夏の雑然とした新橋のビルのすきまを抜ける時、みすずは自分が向かう先が北国のどこかの港の市場だと想像する。

季節は冬だ。北の国の冬。

小さな漁船からぼってりと厚いアランセーターの漁師たちがこぼれそうなほど魚が詰まった籠を桟橋に移している。魚は冷たい空気のなかで生きている音符のようにはねる。

漁師たちの吐く息は空気中に白い柱のように立ちのぼる。

空気はあまりに冷たく、その冷たさが喉を下りて行くとき、自分の気道の形がわかる。

いつのまにか雪が降ってくる。あのセーターの男の名前はパトリックで、妻の名前はエドナで、黒い髪のその妻はあまり美しくない。いま妻は薄暗いキッチンで粗末な皿にピクルス用の小さな胡瓜を並べている。

クラクションが鳴り、みすずは夏の新橋にいることを思いだす。

そうした自分の空想癖のことをみすずは人に言わない。それは大人の癖あるいは習慣としてはすこしおかしなものだ。

そうした形でみすずの生活は空想というものに特徴づけられている。そして空想のほうがみすずの許にやってきたこともある。大学二年生のときだった。ある男の姿をとって。

その男を思いだすと、いつも全体がひとつの夢であったような錯覚にとらわれる。たしかに期間も長くなく、深くつきあったわけではないので、そう思えてもおかしくはない。

大学二年のときだった。

大学は中央線の先にあった。

何人かで集まっていてオスカー・ワイルドの小説の話になった。

つづきを知っているとその人は言った。その先を知っていると。

その人はほかの大学の学生で、みんなでワイルドの「ドリアン・グレイの肖像」の話をしていた。その場にいた者は英文学専攻が多かった、
有名な話だ。ドッペルゲンガーのヴァリエイションのひとつだろう。ドリアンの肖像はドリアンが悪行を重ねるにつれて醜くなる。そしてドリアンは最後に死ぬ。

誰かが——誰だったろうか、いまでは憶えていない——その肖像はドリアンが死んだあと、どうなったんだろうと言った。

たぶん深い考えがあったわけではなかった。

誰かが発したその言葉を聞いてみすずは内心で微笑んだ。懐かしく思ったのだ。そういうことをみすずは子供の頃から考えてきたのだった。

多くのおとぎ話は結婚によって終わる。なぜ結婚によって終わるのか、それはみすずにとって疑問だった。人は結婚して幸福になるとはかぎらない。死だったらまだわかる。死は誰もが考える終わりの形だ。その先にはたぶんなにもない。けれど結婚はどうだろう。結婚はただの過程ではないか。

いや、死だってそんなことを言えばただの過程だ。おとぎ話の世界自体が登場人物の死によって終わってしまうのはおかしい。主人公が死んでもその世界は主人公がいないままつづいていく。おとぎ話の世界の丘や城や道や家来や道化や乞食はそのまま生きつづける。

だから肖像がドリアン・グレイの死後にどうなるかというのは、ある意味ではみすずにとっておなじみの疑問だった。

「知ってる」とその人は言った。

それまであまり話さなかったので、そのはじめて会う人の顔をちゃんと見たのはそれが最初だった。痩せて背がすこし高く眼鏡をかけていた。あまり健康そうには見えなかった。

その人はゆっくりとした話し方で、ドリアン・グレイの肖像がその後どうなったのかを話した。

グレイ家はアイルランド系の古い家柄だった。しかしドリアン以外にはその血を引くものはもうひとりしか残っていなかった。

そのひとりだけの親戚ヒュー・グレイは、昔からドリアンと折りあいがよくなかった。

ヒューはドリアンの肖像画を見ることはなかった。ドリアンの屋敷を家具ごと競売に付したのである。

炭坑王と呼ばれる人物が買いとり、それを若い女優の家にした。女優は屋敷にある肖像画をほとんどあらためもせず、炭坑王に相談することなく、ことごとくを古道具屋に売り払った。自分に関係のない者の絵があることは無意味に思われたのだ。すべての肖像画を売っても大したお金にはならなかった。

古道具屋はチャーチストリートの骨董店にそれらを売った。ドリアン・グレイの肖像画は名も知れぬ者たちの肖像画とともにその骨董店の奥で息づいた。

一年ほど後にブックメイカーの事務所から火が出て、周囲の十数軒ほどの建物を焼いた。

ブックメイカーの事務所から北に三軒先の骨董店は全焼の憂き目にあった。ドリアン・グレイの肖像画も灰となった。

「そうなんだ」とみすずと同じ大学の一年の子が言った。

「でたらめに決まってるだろう、続編とかないんだから」と男の学生は言った。その飲み会の幹事だった。

「ドリアン・グレイの肖像ってモデルがいたんじゃなかったっけ。もしかしてモデルになった人間の肖像のことを言ってる?」

頭のよさそうな大学院生が言った。

出任せなのだろうとみすずは思った。続編があるかどうか、モデルがいるかどうかは知らなかったが、その人の話し方が変だったのだ。とてもよく知っているように話した。自分の家のものの配置を言うようにその人は話した。あまりに淀みがなかったので、逆に嘘のように思えたのだ。

その人はみんなの言葉にははっきりと返事をせずに、話題が変わり、また喋らなくなった。

つぎに会ったのは、自分の大学の人文系のサークルが、批評家を呼んで講演会をやったときだった。

後援会が終わり、批評家を囲んで居酒屋で打ちあげをやった。

その人もいた。瘦せていて、地味な服装、たぶん地方から出てきた人だった。

打ちあげが終わり、帰りの電車が同じになった。

みすずはドリアン・グレイの肖像の話をした。

面白かった、でも、あれは嘘なんですよね？

瘦せたその人は、笑みを浮かべて、そうかもしれないと言った。そしてドリアン・グレイの肖像を描いたホールウォードが肖像を描く前日に何をやっていたかも知っていると言った。

みすずとその男はつきあいはじめた。

その人はどんなことのつづきも知っていた。話すことができた。

たとえばみすずの住む町の商店街の花屋が閉店した理由を知っていた。

閉店することになった理由は暗いもの、もの悲しいものではなかった。たとえば店主の病気や死ではなかった。息子の赴任が理由だった。

息子は金沢の出張所に行くことになった。

金沢は店主の故郷だった。それを期に生まれた土地に戻ることにしたのである。

もちろんでたらめだ。その人はみすずと同じ町に住んでいるわけではなかったから。

そしてつづきだけではなかった。その人は出来事がはじまる前に何があったかも話すことができた。

泡のようなものだ。泡のような毎日だった。そうした時期があったのは、みすずの心もまた泡のようなものだったからだろう。みすずとその人は週に二度ほど会うようになった。実体のあることは何もしなかった。ただ一緒にランチを食べ、博物館に行き、サークルの集まりに出た。

みすずもその人も周囲のことにあまり興味がなかった。ふたりは周囲からとても遠いところにいるようだった。周囲の人やものがみんな遠いところにあって、何がどうなってもあまり差はなかった。

その人は何にでも答えたけれど、答えるのは尋ねたときだけで、訊かなければ何も言わなかった。

すべてはその人の思いついたことで、みすずはその思いつきにうなずいているのが楽しかった。

みすずはさまざまなことを尋ねた。

ドストエフスキーの『地下生活者の手記』の冒頭のエピソードがあった日の天気、空は晴れていたか曇っていたか、もし曇っていたとすれば、どういう種類の雲が空にあったのか。

ベニスの商人のシャイロックがなぜ金貸しになったのか。

ローマの休日の王女は誰と結婚したのか。

みすずはほんとうにさまざまなことを尋ねた。

その人はすべてに答えた。

キング牧師を撃ったジェームズ・アール・レイがハイスクールを中退した日の朝にしたこと。

フランス文学の老教授がなぜその日そのネクタイを選んだか。

つきあっていたと言ったけれど、お互いの体には触れなかった。そしてみすずはそのことがずっと気になっていたのだと思う。ふたりの関係は唐突に終わった。

みすずはある日、最後の質問をした。わたしたちはどうなるのかと。

その人はいつものようにゆっくりと自分とみすずがどうなるか説明した。

それ以来、その人から連絡はなくなり、みすずも連絡することはなかった。週二回会っていた日々は終わった。泡のような日々は終わった。

毎日夜がくるのは不思議ではないだろうか。夜はどこからやってくるのか、そしてなんのためにやってくるのか。

もちろんそれは地球が太陽の周囲をまわっていて、かつ自転しているからだ。理屈としてはそうだ。

そして夜は来るものだ。それはどうしてだろう。こちらから夜に行くということはできないのだろうか。

夜は自分の手ではどうにもならない。

夜はもちろん形にできない。

みすずは自分がどんな話のなかにいるのか知りたかった。自分が何かの話のなかにいることは知っていた。それは家とか社会とかいう話なのかもしれないし、あるいは親子とか女とかいう話かもしれなかった。

けれど自分が何かを想像しているときは、単に話のなかにいるのとは、すこし事情が違うのではないだろうか。想像しているときはちょっと事情が違うのではないだろうか。

誰も自分に想像しろとは言わない、想像するのは自分の意思でやっている、とみすずは思う。そして自分が話しはじめることで、話は単に話でなくなる、そんな気がした。

休日をとれない日々がつづくと、みすずは想像する。

自分はアメリカからきた若い男を案内している。若い男は金髪だ。すこし動物めいた体臭がする。動物めいた体臭はけれどいやではない。

その男はたぶん大学で何かの研究をしている。名前はマーヴィンかマーティンだ。

トゥールレイク　一九四二

マーヴィン・オプラーは人類学者であり、同時に社会精神医学といういっぷう変わった学問に携わっていた。

オプラーは一九一四年の六月一三日にニューヨーク州のバッファローに生まれた。第一次大戦の原因になったサラエボ事件が起きる二週間ほど前のことである。

オプラーの一番の業績は「ミッドタウン・コミュニティー・メンタルヘルス・リサーチ・スタディー」計画に参加して、都市生活者のストレスについて研究したことである。しかし研究書が出版される前に、オプラーは世を去っている。

また人類学者としてフィールドワークも行っており、アパッチ族やエスキモーを研究している。

オプラーのもうひとつの大きな業績は、第二次世界大戦の時にトゥールレイクの強制収容所に収容された日系人の調査にあたったことだろう。

四二年からトゥールレイクの施設に日系人が強制的に収容されるようになった。一九四一年十二月七日、日本軍のハワイ基地攻撃を受けてそのような決定が下されることになったのである。

膨大な数の日系人がそこに収容された、約一万九千人。その数は現在の三鷹市の人口と同じである。

コミュニティー・アナリストとしてオプラーは収容所の日常を観察する。

収容所の生活できわだっていたのは日本の民俗がおそろしい勢いで復活したことである。

一世のうちの一摑みしか知らなかった日本の民俗が瞬く間に広がり、アメリカで生まれ、その種の知識をほとんど持たなかった二世もその流れに飲みこまれた。

収容所内を人魂が飛びかうようになる。

狐憑きが現れる。

民間治療が復活する。

霧の明け方に見られた人魂の目撃談ひとつはあっというまに夥しい数に増大する。

特定の屋舎は夜や明け方は避けられるようになる。

三十二ブロックの少女のことが報告されている。

少女は何かの気配に振りむく。

便所の屋根の上に光るものが浮いている。

彼女は身ぶるいし、屋舎に帰って母親にそのことを伝える。二、三日後に近くの寝たきりの老人が死ぬ。

言行に常軌を逸したところが見られる女は狐憑きだと噂されるようになる。

離婚した婦人、魅力的な婦人の息子はアメリカの市民権を放棄しないということで知られていた。彼女もまた狐憑きになったと噂される。娘も理由なく不品行を取り沙汰される。

誰も狐を見た者はいない。しかし四五年の二月、あなぐまが捕まる。あなぐまも人に憑くと見なされるようになる。

迷信は跳梁する。

葬列を指差すと死ぬ、妊婦が昆布を食べると子供の髪が黒々とする、赤ちゃんの骨が柔らかくなるといけないので酸っぱいものは食べてはならない。

奇妙な噂が口の端に上るようになる。

ロスアンゼルスの街に侍が現れたという噂。

興味深いことに、収容所で猖獗をきわめた迷信は、その後の追跡調査で判明したところによると、ほとんどの収容者の記憶から消失していた。

トゥールレイクの収容所で起こったことはもちろん興味深い。収容者の心にあったのはまずきわめて現実的な問題だった。収容者はアメリカをとるか日本をとるか決定を迫られた。家族のなかですら意見はわかれ不和が生じたくらいなので、収容所内にあった政治的な対立、人間的対立、緊張はおそらく苛烈なものだった。

一方で収容者たちはすでに記したように、ある種の超自然的な状態にもあった。日本の民俗が復活した理由は、緊張状態におかれた人間は子供の頃親しんだものに回帰する、という単純なものなのかもしれない。しかし、だとすると人間は子供時代に支配されているということになるのではないだろうか。子供はその人間の父親であるという有名な詩は、詩がしばしばそうであるように実相を捉えているのだろうか。物事を解釈するということは容易である。実証が必要でなければなんとでも言える。たとえばこういうのはどうだろう。

収容所で起こったことは時間の逆転あるいは時間旅行のようなものだ。収容者たちは一種の時間旅行を経験した。

なぜそれが起こったかというと、それは収容所が閉鎖系だったからだ。閉鎖系では変化は止まり溯行がはじまる。だいたいの老人は閉鎖系である。老人は変化が止まり、溯行する。だいたいの宗教は閉鎖系であり、それは変化を止め、溯行する。

そして世界や宇宙も基本的にはすべて閉鎖系である。

閉鎖系は単一を志向する。みなが人魂のことを考えはじめたとき、人魂は存在するようになった。単一化の邪魔になる異物は排除された。

単一は個人を無化する。収容所でそれまで個人で獲得したアメリカ性を否定された日系人たちは、ひたすら単一な日本に向かう。一万九千人の意識が凝った「日本」は人魂や狐や侍となって収容所に現出する。有限においてはすべてが起こりうる。無限においては何も起こらない。

マーヴィン・オプラーは人格者だった。収容所での調査が終わったあとも、日本人たちの便宜をはかったとも伝えられている。

収容所の報告書はアメリカの民俗学の著名な研究者リチャード・ドーソンやバレ・トールケンなどの研究素材となった。

オプラーが亡くなったのは一九八一年の一月である。

ボドム湖　一九六〇

すべてのことは起こりうる可能性を持っているが、起こったことすべてが説明されるものではない。奇妙なことに実際に起こったにもかかわらず、未知でありつづける事象というものは存在する。

ボドム湖はフィンランドの首都ヘルシンキ近郊のエスポー市に属する湖である。長さは約三キロ、幅は約一キロ、面積約三平方キロメートルである。一九六〇年の六月四日にその岸辺で殺人事件が起こった。被害者は四人。男がふたり、女がふたりである。死んだのは三名。一名は生き残った。フィンランド史上もっとも有名な殺人事件である。

二組の恋人たちはボドム湖にオートバイに乗ってキャンプにきていた。

男はどちらも十八歳で、ニール・ウィルヘルム・グスタフソンとセッポ・アンテロ・ボイスマンという名前だった。女ふたりは十四歳で、名はマイラ・イルメリ・ビョールクルンドとアンニャ・トーリッキ・マキといった。マキとボイスマン、ビョールクルンドとグスタフソンが恋人同士だった。

事件は午前四時と五時のあいだに起こったと言われている。

まずテントがナイフで切り裂かれ、それから四人は鈍器で頭部を殴られ、その後ナイフで刺される。

ビョールクルンドの遺体はほかの者より損傷が激しかった。絶命したあとも執拗にナイフで刺されたらしかった。十五箇所の刺し傷があったとも言われている。

マキとボイスマンも鈍器で殴られ、ナイフで刺されていたが、ビョールクルンドほどではなかった。彼女の下半身は裸に近い状態だった。

グスタフソンは死ななかった。後頭部と顎を鈍器で殴られ、顎は砕けていた。

アンニャ・トーリッキ・マキは楽譜集を持っていて、当日そこに書きこみをしている。書きこみは二種類のペンでなされている。

ボドム湖キャンプ五日目
セピとニセは酒を飲んでいる
セピは二時に起きて釣りに行く

六時にバードウォッチングの少年たちによって、テントが倒れているところ、金髪の男が立ちさるところが目撃される。

死体を発見して通報した者に関しては諸説あるようだ。警察が到着したのは午後である。

生きていたグスタフソンは病院に搬送された。意識が戻れば事件は解決するかと思われたが、回復したグスタフソンは何も憶えていなかった。

容疑者は多い。

精神異常者ペンティ・ソイニネンは自白している。しかしその自白の信憑性は疑わしいとされた。

現場近くの売店の店員ヴァルデマール・グロストレムはキャンプの客を憎んでいた。グロストレムはエキセントリックで怒りに捕らわれやすい人間で、村人から恐れられていた。かれは自分がやったとサウナで知人に告白してから自殺している。

KGBのスパイと言われているハンス・アスマンナは、ドイツから帰化した人物だった。

アスマンナはボドム湖から五キロほどの地点に住んでいた。医師ヨルマ・パロは自分が働く病院でアスマンナに会っている。アスマンナの服には血と推測される染みが認められた。アスマンナはそして金髪だった。また後述するほかの未解決の殺人事件の容疑者でもある。

二〇〇五年六月に、唯一の生存者であるニール・グスタフソンも友人の殺害容疑で起訴されている。ＤＮＡの鑑定が行われた結果だった。

足跡や血痕から犯人はグスタフソンの靴を履いたことが判明した。

グスタフソンの靴の外側にはマキの血がはねかかっていた。内側にはそれはなかった。その事実が意味するのは、犯行当時にその靴は履かれていたということだった。靴はグスタフソンの靴なので、犯人はグスタフソンだろうということになったようだ。

グスタフソンの傷は浅かったしいう証言もあった。

しかし同年十月七日、地方裁判所はグスタフソンに無罪を言い渡す。

犯人は犠牲者の持ち物をいくつか持ちさっている。複数の時計、財布、二本のナイフ、タオル、バッグなど。

それからグスタフソンとボイスマンの靴も持ちさったが、それらは殺人現場から五百メートルほどの場所で見つかっている。ボイスマンの革ジャケットは結局発見されなかった。

三人を殺したのはいったい誰なのだろう。

グスタフソンが犯人だとしたら、友人三人を残虐な方法で殺し、三人の持ち物を持って移動し、自分の靴とボイスマンの靴を五百メートル離れたところに残し、それから自分の顎を砕き、自分の体を刺し、傷ついた体でかつその凶器をどこかに捨てるか隠すかして現場に戻り、横になって発見されるのを待ったといった経緯を想像せざるを得なくなる。はたしてそんなことが信じられるだろうか。とくに財布など持ち物を持って移動する動機はなんだろう。通り魔の仕業に見せかけるためか。自分の手で自分の顎を砕くことができる鈍器とはなんだろう。

また売店の店員ヴァルデマール・グロストレムが犯人だとしたら、犯行を終えたあと、グスタフソンの靴を履いて五百メートル移動したことになる。なぜそんなことをしたのだろう。自分の靴はどうしたのか、略奪品と一緒にバッグなどに入れたのか。大量に浴びた血はどうしたのだろう。グロストレムにはアリバイがあった。しかしそれは妻の証言によるものだった。かれの妻は殺すと脅されたために嘘をついたと後に述べている。グロストレムはボドム湖に身を投げて自殺している。

ハンス・アスマンナが犯人だとしても同様の疑問が湧く。それにアスマンナはなぜ病院に行ったのか。どこか負傷したのだろうか。血だらけの服で病院に行ったら疑われることは必至である。血に関しては六〇年代のフィンランドは狩りが盛んだったという話もある。ドイツからの帰化人なので、報道関係者によく思われていなかったという意見もある。

アメリカのマット・デマスはボドム湖殺人事件を『ザ・レイク・ブラッド・マーダー』というタイトルで小説化している。

ボドム湖殺人事件に注目する者は多い。そういう人々はやがてフィンランドの五〇年代に興味を覚えるかもしれない。

五三年三月に少女クーリッキ・サーリが自転車で帰宅途上にいなくなる。夏に湿地帯で自転車が見つかる。そして秋にやはり湿地で死体が見つかる。二万五千人が彼女の葬式に参列したと言われている。

五九年七月に二十代はじめの女ふたりエイネ・ヌーセネン、リータ・パッカネンが自転車旅行の途中で失踪する。ふたりの足跡はヘイナヴェシのキャンプ場で途切れる。その後、湿地から死体で発見される。容疑者ルナール・ホルムストレムは自殺している。

ボドム湖の事件が起こったのはその翌年である。ハンス・アスマンナはすべての事件で関与を疑われている。

日本　一九八七

それまで総領事館と呼ばれていた団体施設が正式にフィンランド大使館となったのは一九六二年である。

現在の南麻布のフィンランド大使館の建物が建造されたのは一九八三年で、中庭には樹齢数百年と言われる堂々とした椎の古木が立っている。

事務方が募集に応えて履歴書を大使館に郵送したのは一九八七年のことである。

事務方は神奈川にある大学の北欧学部出身で、わざわざそういう学部を選んだのは、もちろん北欧に興味があったからである。

採用された事務方は大使館で雑多な仕事をした。待遇はとてもよかった。事務方は小さなフィンランドで働くことに満足を覚えた。

ボドム湖の事件のことを知ったのは、イルミという三十代の職員からだった。イルミはボドム湖に近い町の出身だった。

その事件のことを耳にしたとき、事務方はそれを素材にノンフィクションを書こうと思った。ボドム湖の事件は自分が採りあげるべき素材だとはっきり思った。事務方は文章を書くことが好きで、むかし新聞記者になりたいと思ったこともあった。

犯罪は事務方にとって強迫的なことのひとつで、犯罪にかんすることは若い頃から妙に気になった。

犯罪はつねに世界にあり、世界を騒がす。詐欺、窃盗、強盗、誘拐、殺人。

犯罪は日常だ。世界中で犯罪が一件もないという日は想像できない。つねに誰かが誰かを欺き、盗み、殺している。

事務方はなかでも殺人に強く惹かれた。そしてそのことに内心不安を感じていた。

事務方は自分の人生の振幅が狭いことに気がついていた。

自分は子供の頃から面白みのない人間で、倫理に反すると思えることは、ほぼひとつもしたことがなかった。犯罪や殺人にかんする興味はその反動なのかとも思った。

自分は個性も特徴もなくこれまで特別な出来事も経験してこなかった。まるで空き箱のような人生だ、とあるときそう思った。

怪我をしたことがあった。しかし事務方は痛みをあまり感じなかった。自分は痛みにすら鈍いのかと考え、愕然とした。

違ったのは恋愛だけだった。それはすこしだけ違った。嫉妬というものを自分もすることがあって、その嫉妬は生きているような気がした。しかし性的なことは、いつもあまりうまくいかなかった。

肉体的な虚弱さが自分の人生がそうしたものになっている理由のひとつであることは薄々と悟っていた。

事務方は普通の人間より本を読んだ。心に残った本には犯罪的な匂いのするものが多かった。

江戸の犯罪に執着しているらしいひとりの著者の本には子供数人による大人殺しのことが書いてあった。

古本屋で手にとったドイツ文学者の分厚いエッセイには、十八世紀に著述家コッツェブーを暗殺したカール・ザントのことが詳細に書かれていて、事務方は貪るように読んだ。

小説はあまり読まなかったが、アメリカの女性作家が書いた、義足の女のその義足を盗んでいくセールスマンの話は心に残った。

ボドム湖の殺人事件を知ったのはよいことのように思われた。自分というものを探索する際に芯のような部分ができたような気がしたし、整理が進んだ印象があった。

ボドム湖の殺人事件でまず興味を覚えたのは、犯人が二種類の凶器を持っていたことだった。犯人は鋭い凶器と鈍器、両方を持っていた。まず鈍器で頭部を殴って殺しているわけだから、殺すという目的はそれで達成している。ナイフを使ったのはどういうわけだろう。嗜好の問題なのだろうか。事務方は武器全般に興味がなく、ナイフにも興味がなかったが、フィンランド製のナイフを買ってみた。

週末にナイフを買って家に戻り、箱は開けたものの、手に取るのはしばらく躊躇われた。

殺人に興味があるということは、もしかしたら自分の心の奥には、殺人衝動が埋もれているのではないか、そういう疑いが浮かんできたのだ。

ようやく鞘に手をかけ、引きぬいて刃を眺めた。

ほっとしたことに、その刃を誰かの肉のなかに沈めたいとは思わなかった。しかしナイフはたしかに自分に力を与えてくれた。それは腕の力を、そして自恃の気持ちを特殊な形で増強するように思えた。事務方は犯人がナイフを持っていた理由がすこしわかったように思った。

いかに熟睡しているとはいえ、そのうちふたりが女だとしても、自分には四人の人間を一瞬で抵抗不能にすることなどとてもできないと事務方は考えた。

犯人が複数だと主張する者は多くはない。ひとりだったと考えるほうが多い。事務方もそう考えた。

ナイフでテントを引き裂いているとき、誰か目を覚まさなかったのだろうか。

最初の被害者の頭に鈍器を振り下ろしたときにほかの者は起きなかったのか。

いずれにせよ、明け方近くというおそらく人間がもっとも無力な時間に犯行があったということは、犯人に計画性があったことを示唆している。それは狩りに似た行為だった。

ビョールクルンドがほかの者より多く刺されているということにも意味はあるはずだ。たとえば熊や狼だったら、そういうふうに被害者を区別しなかっただろう。そしてビョールクルンドの下半身が剝きだしだったことはどう考えるべきなのだろう。陵辱したのだろうか。調べたかぎりではそういう情報は出てこなかった。

事務方は大使館で広報の資料などを作りながら、水底で暮らすような静かな生活を送りながら、考察を書きためた。

致命傷をすでに与えた人間の体を損なおうとする意味はなんだろうか。それで得られるものはなんだろう。

怨恨か、しかし四人の人間を殺したいと思うほど強い怨恨とはなんだろう。

そして嗜好だとしたら四人の人間を殺したいと思うほど強い嗜好とはなんだろう。

史上に時折見られる殺人衝動なのだろうか。それでもなんの説明をしたことにはならないが。殺人衝動は一種のブラックボックスのようなものだ。

ボドム湖の殺人の動機は、怨恨でも嗜好でも説明できないところがあるように思われた。そしてそれは狂気に似ていたが、狂気であるとも言い切れないところがあるような気がしてならなかった。

怨恨に戻ると、もちろん怨恨からの殺人は多い。とても一般的だ。

そして怨恨があまりに深いと、死はしばしば残虐で凄惨になる。ただ死なせるだけでは気がすまないのだ。

そうした感情もお馴染みだ。

恨んでいる者が死を迎えてもその墓に唾を吐きかけたいと思う者はいる。子孫まで呪われろと思う者もいる。

しかしそれらは観念的な発露だ。

実際の殺人にかんしては、殺したいと思う人間の存在を穢したい、魂を汚したいと望む場合、肉体を損壊する方向に行く。

そしてなぜそうなるかは、肉体が魂の入れ物であるという意識に依拠しているのだろう。

たとえば水に損害を与えることはできない。けれど、たとえばコップのなかの水だったら事情が違う。水の入ったコップを割ったら水は流れる。それまでの形を失う。水は形を保てない。

それがはたして水に損害を与えたことになるのか、それはじつはわからない。その「損傷」はもしかしたら、損害を与えようとする者のなかにしかないのかもしれない。水はたしかにコップに支えられた形は持たないが、それで水を破壊したことになるのか。

ただ、魂の入れ物を破壊することで魂に損害を与えた、あるいは何かの価値を破壊した、という感覚を、おそらくたいていの者は抱くだろう。肉体にたいする意識には宗教以上に宗教的なところがある。人間は古くから美しい個人をあがめたててきた。その程度は異常に思えるほどだ。

一方、殺人が嗜好ゆえだったとしたら、人に死をもたらし、肉体を破壊するその感覚自体が好きだったのだろう。頭蓋骨を鈍器で叩きつぶす、ナイフで肉を切る、あるいは突きたてる。その感覚を愛したのだろう。

そしてその感覚もある程度はみんな理解できるはずだ。田舎で子供時代を送った者は例外なく蟻を焼き殺したり、蝶の羽をむしったり、とんぼの尻尾を千切ったりしたのではないだろうか。

そうした虫相手の営為と人間相手の営為のあいだに本質的な差があるとは思えない。

あるいは狂気だろうか。狂気だとしたら合理的な説明はできないだろう。説明できないからこその狂気なのだ。

たとえばグスタフソンがやったのでないとすれば、犯人は被害者の靴を脱がせて履いたことになる。その行為には狂気が窺える。そこに合理性はないように見える。

しかしそうだろうか。

人類学では食人という行動のなかに相手の霊威を取りこむため、という論理性を発見している。それはひじょうに肯けることだ。食人ということは案外一般的な衝動として存在するのだ。それは「食べてしまいたいほどかわいい」といった言い方にも明瞭に表れている。

そして食べるほどではないが、相手の霊威を取りこむ方法はほかにもある。

相手が身につけたものを身につけることである。

犯人がもし被害者の靴を履いたとしたら、根本にはその意味合いがあったのだろう。

つまり殺人は自分の霊威を高めるためではなかったのか。

事務方の考えはそしてそこから一風変わったものになっていった。

殺人者というものは、もしかしたら存在論的な必要性から、殺人を犯しているのではないだろうか、殺人をしなければ自殺するような人間ではないのか。自分の生存のために人を殺しているのではないだろうか。

事務方はそこまで考えて、自分は殺人を擁護しているのかと内側に向かって問いを発した。しかし擁護とは違うような気がした。

考察がそこまで進んだ頃、読んだ本に殺人は芸術であると主張しているものがあった。その主張にはうなずけるものがあった。

世のなかにはさまざまな才能がある、才能はある感覚を世界に現出させる。

この犯人もまた特殊な才能を持って、ある感覚を実現化させたのではないだろうか。ボドム湖の殺人事件は、犯人にそなわった、もしくは個人にそなわった才能、人間の根本に関係のある才能が生みだした、抽象的な作品なのではないのか。

それもやはり一般的な見方ではなかった。殺人は悪であるのだから。しかし悪とはなんだろう。それはほんとうに存在するのだろうか。たしかに殺人はひじょうな悪と考えられて人間の法によって罰される。けれども戦争における殺人は、人間の法によって罰されることはない。戦時中の撃墜王は褒めたたえられ、尊敬されたではないか。

おそらく法のように論理を基礎においたものは、人間がなんであるかを正確に語らないだろう。人がほんとうはなんであるかを語るのは、個人的な衝動や偏向だ。そしてその意味では殺人者はきわめて人間の本質を体現している。そして殺人が作品であるように、殺人者もまた作品である。それは事実をみるとよくわかる。人の反応の仕方を見ていると、天才的な音楽家も殺人者もほぼ同じ強度の情動を与えるように見える。

ボドム湖の殺人者より多くの者を殺した人間は山ほどいる。ヒットラー、毛沢東、ポル・ポト。かれらが生みだした殺人もまた作品であり、かれら自身も作品だった。事務方の小説は結局完成しなかった。その理由が事務方の努力の不足なのか、早い死のせいなのかはわからない。事務方は肺の病気で若くして死んでいる。

事務方は当然有名な殺人者エドワード・ゲインに興味を持っていた。エドワード・ゲインを解剖した医者は、ひじょうな驚きを味わった。心臓のあるべき場所には何もなかったのである。

しかしそれは無責任な噂に過ぎない。ゲインは実際には解剖に付されなかったのだから。

事務方が亡くなったのは一九九八年五月である。その日、アメリカのある州でイナゴが大量発生し、アジアで神聖な泉が涸れて人々を不安に陥れ、アフリカ沖で何かに追われて逃げ惑うイルカの群が目撃された。

もちろんそれらは事務方が特別な人間であったから起こったことではない。すべて偶然だった。

みすず　二〇一七年

みすずはむかし文京区の図書館で働いていた。働いたのは二年間だけで、その後はべつの部署に回されてしまったが、図書館の二年間はとても楽しかった。

みすずは公務員で文京区の職員だった。

夫とは同じ大学で同じ学部だった。夫は流通関係の仕事を選んだ。

いまふたりは七十歳を少し超えた年齢だった。夫は六十五歳まで嘱託で働き、それからはふたりで静かに暮らしている。

夫はおおむねよい人間だった。とくに五十歳を少し過ぎた頃、比較的大きな病気でしばらく入院し、その後から穏やかになった。

病気が人を変えることをみすずはよく知っていた。自分の父親がそうだった。父親は悪いほうに変わった。気難しくなったのだ。

みすずは人の意思に逆らうことがあまり得意ではなかった。だから病気以前も以後も夫の言うことはほぼ第一に考えてきた。しかし病気以後のほうが無茶なことを言わなくなったのでずいぶん楽になった。

夫には趣味と言えるものはなかった。定年を迎えるにあたって、夫はみすずに自分に向いた趣味はないかと尋ねた。

みすずは答えに窮した。夫はもちろん思いつかなかったからみすずに訊いたわけであるが、みすずのほうもそれは同じだった。

あらためて考えてみると、夫の好きな食べ物が何か、どういう人間を好むかは大体知っていたが、そういった表面的なこと以外には、夫のことはほとんど知らなかった。だから何を趣味とすべきかなどという質問に答えることなどは不可能に近かったのだ。

そして驚いたことに趣味に関しては自分も夫と似たようなものであることがその後に発覚した。

たしかに本を読んだけれど、本を読むことがはたして趣味になるのか疑わしい気がした。

ふたりの生活は趣味探しが主題のようになり、病院に行くことや親戚の葬式が副主題になった。老境に至ってすべてのものの速度が緩むなか、ふたりはゆっくりと趣味を探した。

子供はいなかった。子供がいたら事情は違っていたかもしれない、しかし子供が自分の人生をはじめるようになれば、やはり夫婦はふたりきりになるわけなので、だったら事情は同じではないかとも思った。

銀の食器のように冷たい夜だった。一月の終わり、長い一月が終わろうとしていた。その日、ふたりは唯一友人としての交誼を維持している夫婦と会い、そのあと珍しく映画館に足を運んだ。それは話題になった日本映画で、舞台が夫の出身地だったのである。

映画館を出ると雪がちらついていた。

そのまま出先で食事をして帰るつもりだったが、いくらか疲労を覚えて、最寄り駅まで戻り、いつもの蕎麦屋で夕食をとった。

食べ終えて外に出ると、空中の雪がすこし濃くなっていた。

家に戻ったのは八時で、家のなかは冷えきっていた。

着替えてから夫がすこし飲みたいと言った。珍しいことだった。

夫は冷蔵庫からだいぶ前に人に貰ったワインの壜を自分で取りだし、台所で開け、ワイングラスを片手にふたつ持って、それを居間のテーブルに置いた。

飲みきれないのではとみすずが言うと、夫はそうだなと答えた。

夫は自分のグラスには半分まで、もうひとつのグラスには、三分の一まで注いだ。それから一口飲んでうまいなと言った。みすずも一口飲んで、うなずいた。

「映画を観て、思いだした」と夫は言った。

そしてそれまで忘れていたことを話しはじめた。

夫は東北の出身で、海の近くの村で育った。「椿山という場所があって」夫は説明をはじめた。

椿山というのは、名前こそ山だったが、正確には高台の斜面のような場所だった。範囲はわりあい広く、高木と低木が隙間なくそこを埋めていた。名前の通り椿もあった。

椿山は特別な場所だった。

斜面が比較的なだらかな場所にごく小さな集落があったが、その集落と村とのつきあいは最少に留められていた。それが人間同士の確執のせいなのか、地勢のせいなのか、それはわからなかった。そういうことは田舎ではたまにあるのだった。理由のない懸隔。

季節によって椿山の斜面の木は妙にきれいな花をつけた。

夫は小学生だった。ある夏、同級生の三人で椿山の下の海へ行くことになった。椿山の海は立ちいりを禁じられていたわけではないが、そこで泳ぐ者はいなかった。「そうだ、あわびがたくさんいるっていう話を聞いたからだ」ワイングラスの透明な液体を見ながら三人がその計画を思いたった理由を夫はそう説明した。

三人は磯を伝い、ある時は歩き、ある時は泳ぎ、その場所を目指した。大きな岩、巨大な岩の横を越すと、右手に椿山が見えた。椿山はひっそりと静まっていた。

こぢんまりとした入り江だった。磯の線は弧をなし、弧の両端は腕のように伸び、両腕で小さな海を抱いているように見えた。

夫が育ったあたりの海岸は磯が多かった。そこの岸辺も黒っぽい岩と大小の石で形成されていた。

とても静かで波はほとんどないように見えた。

ほかの場所より海が緑がかって見える気がしたが、その色あいは深さをほのめかしていた。

左手には通りすぎてきた大岩があった。高さは十メートルほどだろうか。

右手の沖、突きだした磯の右の腕の五十メートルほど先には同じくらい大きな岩があって、海面から黒く突きだしていた。ちょうど波が洗うあたりの一部分が、ほかより黒くなっていて、洞穴か何からしかった。

三人は浅い部分を頼りに海に出て、岩のすきまに潜った。

岩肌にびっしりとあわびが張りつき、隙間には驚くほど大きなさざえがいた。

一時間もしないうちに運べないほどの量が獲れた。

磯に戻って、さざえやあわびを石で砕き、海水で洗って食べた。

海は油のように静まっていた。なんでこんなに波がないんだろうと思った。音がしたような気がして振りかえると、椿山の斜面の一部がすこし揺れていた。

食べているうちにひとりいないことに気がついた。一番気の強い友達がいなかった。

海をみると、そこで泳いでいた。

岸から二十メートルほど離れたあたりだった。

友達はそこからすこし先に進んで、そこで止まって手を大きく動かした。

手を振っているのかと思い、夫は手を振った。しかしようすが変だった。

友達はそれから沈んだ。それからまた浮かび、手をさっきより激しく振った。

溺れているのだった。

夫は飛びこんだ。

学校で教わっていたのは、溺れている人間を助けようとするときは、正面から行ってはいけないということだった。正面から行くとすごい力で抱きつかれてふたりとも溺れてしまう、と先生に言われていた。夫はその話を聞いたとき、自分がそういうふうに抱きつかれて溺れるようすを脳裏に描き、身震いした。

夫は泳ぎながら後ろにまわろうと考えた。しかしその心配は要らなかった。友達はぐったりとして水中にいた。夫は教えられた通り体を仰向けにさせ、首に手をかけて、岸に向かって泳ぎはじめた。

途中まで泳ぐと、もうひとりがどこから探したのか、大きな板きれを押して、自分に向かって泳いできていた。ふたりは溺れた友達を磯まで運び、大きな岩の上に寝かせた。

死んでいるのではないかと思ってこわくてたまらなかったが、俯せにさせて、背中をさすっていると、やがて水を吐いて、咳きこんだ。

「ほっとしたよ」

水筒の水を飲ませてしばらくすると顔色がよくなった。

夫はどうしたんだと訊いた。なんで沖に出ようとしたんだ、なんで溺れたんだ、足が攣ったのか。

友達は「岩が」と答えて口をつぐんだ。それから「わからない」と言った。

子供は子供の仕事で忙しい。

その日のことは生死にかかわることだったが、すぐに忘れた。剣道部のことや進学など考えることがたくさんあったのだ。

溺れた友達とはその日のことについて一回だけ話し、沖に出ようとした理由をもう一度訊いた。友達はやはりわからないと答えた。

二十数年後、夫は東海地方にいた。左遷されたのだった。人生でも苦しい時期だった。

しかし小さい出張所で夫は奮闘した。それにしばらくするとその土地は悪い土地でないことがわかった。

友人もできた。車が趣味の友人で、夫もその頃には車に興味があった。

夏ははじまったばかりだった。

海水浴場開きは先週だった。

夫と友人とその恋人は三人で海水浴に行く計画をたてた。

海水浴場は近く、車で一時間ほどの距離だった。

暑くなりそうだった。

着くとすごい人出だった。

あまりの人出にほかの場所を探すことにした。泳げる場所なんていくらでもあるだろう。

海沿いの道をしばらく走った。

岸は砂浜から岩場に変わった。

三十分ほど走るとよさそうなところがあった。人家はほとんどなく、火が熾せそうなところもあるように見えた。

車を国道沿いに停め、海まで降りた。二、三十メートルほどの斜面を下りると岸辺に出た。それから磯を伝って歩くと、人家もなく道路からも見えない場所に出た。

静かなところだった。

三人は海を見た。

海面は油のように静まっていた。

大きな岩があった。

夫は一瞬妙な感覚に襲われた。

三人は仲がよかったので何をしても楽しかった。

ビールをすこし飲んだ。友達の恋人は酔って泳ぐのはよくないとふたりが三本目の缶ビールを開けようとするのを止めた。

友人はちょっと泳いでくると言い、海に入っていった。

はじめは調子よくクロールで進んでいて、それから不意に進む方向を変えて右手の沖に聳えたつ岩に向かった。

そして見えなくなった。

潜ったのかと夫は思った。

やがて海面に現れた友達は口を開けた。何か叫んでいるように見えた。それから海中に沈んだ。

夫は立ちあがって走り、その勢いで水のなかに飛びこんだ。

何が起こっているのかは理解していた。泳ぎながら助ける手順を考えた。

仰向けにさせて顎に手をかけ、磯まで運び、まず呼吸しているか確かめた。呼吸していた。顔を横向きにさせ、腹をすこし押した。大量に海水を吐いた。

寒さを訴えたので、あるだけのタオルを掛け、流木を集めて火を熾した。

しばらく休んでから、三人で車に乗って帰った。

友達が運転した。ほかに車の運転ができる者はいなかったのだ。

車のなかで、どうしたのか、と訊いた。どうして岩に向かって泳いでいったのかと。

友達は前を見ながらしばらく黙っていたが、それから「わからない」と答えた。

話を聞いているうちにみすず自身もそれを経験したような気になった。自分は夫であり、溺れた友達であり、恋人であったような気がした。

記憶は夢に似ているとみすずは思った。記憶の周囲は暗い。記憶は夜に似ている。

みすずはずっと本が好きだった。本は扉であり道だった。けれどあらゆる場所あらゆる時間には入ったことのないドアが無数にあり、入ったことのない小道が無数にあったのではないか。

そしてそこに誰かがひとりずつ立っていて自分を待っていたのではないか。

みすずは自分のところにやってきた者のことを考える。そして自分が会いに行った人間たちのことを考える。いまは待つことが重要なのかもしれなかった。何かを待つのだ。たぶん夜を形にした者がくるまで。

初出一覧　●「行列」－『ＮＯＶＡ２　書き下ろし日本ＳＦコレクション』（河出文庫・二〇一〇年七月）／●「おまえ知ってるか、東京の紀伊國屋を大きい順に結ぶと北斗七星になるって」－『文学ムック　たべるのがおそい』Vol. 7（書肆侃侃房・二〇一九年四月）／●「箱」－ウェブ発表（bk1・二〇〇二年）／●「未知の鳥類がやってくるまで」－書き下ろし／●「東京の鈴木」－『万象』（惑星と口笛ブックス電子書籍・二〇一八年一二月）／●「ことわざ戦争」－『ウカイロ９号　THE END IS THE BEGINNING IS THE END』（発行人スミダカズキ・二〇一九年八月）／●「廃園の昼餐」－『ＳＦマガジン』（早川書房・二〇一三年八月号）／●「スターマン」－『ヒドゥン・オーサーズ』（惑星と口笛ブックス電子書籍・二〇一七年五月）／●「開閉式」－『ＮＯＶＡ７　書き下ろし日本ＳＦコレクション』（河出文庫・二〇一二年三月）／●「一生に二度」－『文学ムック　たべるのがおそい』Vol. 3（書肆侃侃房・二〇一七年四月）

西崎 憲　にしざき・けん

一九五五年生まれ。青森出身。

作家、翻訳家、アンソロジスト、音楽家。

文学ムック『たべるのがおそい』編集長（書肆侃侃房、七号で休刊）。

日本翻訳大賞選考委員。歌人（フラワーしげる）。

電子書籍レーベル〈惑星と口笛ブックス〉、
音楽レーベル〈dog and me recoeds〉主宰。趣味はフットサル。

著書に『世界の果ての庭』（第十四回ファンタジーノベル大賞受賞、新潮社、創元ＳＦ文庫）、

『蕃東国年代記』（新潮社、創元推理文庫）、

『ゆみに町ガイドブック』（河出書房新社）、

『飛行士と東京の雨の森』（筑摩書房）、

『全ロック史』（人文書院）ほか。

訳書に『ヘミングウェイ短篇集』、
編訳書に『短篇小説日和』（いずれもちくま文庫）ほか。

未知(みち)の鳥類(ちょうるい)がやってくるまで

二〇二〇年三月二五日　初版第一刷発行

著者　西崎　憲

ブックデザイン　鈴木成一デザイン室

発行者　喜入冬子

発行所　株式会社筑摩書房
東京都台東区蔵前二-五-三　〒一一一-八七五五
電話番号〇三-五六八七-二六〇一

印刷・製本　中央精版印刷株式会社

ISBN978-4-480-80494-5 C0093